知識ゼロからの俳句入門

木がらしや目刺にのこる海のいろ

雪とけて村一ぱいの子どもかな

分け入っても分け入っても青い山

柿くへば鐘が鳴るなり法隆寺

五月雨を集めて早し最上川

菜の花や月は東に日は西に

Kaneko Touta
金子兜太 著

Furuya Mitsutoshi
古谷三敏 画

幻冬舎

はじめに

俳句を作りたいと思ったら、まず自分の気持ちを声に出して言ってみることだ。

たとえば、ごはんを食べ終えて、今日のごはんはうまかったなぁと思ったとき、「今日のごはんは　うまかった」と。続けて、そこに季節の単語をくわえ、五七五のリズムに整えてみる。

「白梅や　今日のごはんが　うまかった」

ほら、気持ちがいいだろう。

これがまさに俳句作りの第一歩。俳句の持つ五七五のリズムは、古くから日本人に親しまれ、私たちの体にしみついている。体のなかにあるこのリズムに乗せて、自分の心の内を吐き出したとき、誰もが自然と嬉しくなり満足感を得られるものなのだ。

もちろん俳句には、細かい決まりごとがある。本書では、句を作るにあたって、学んでおきたいことを、例句をあげながら具体的に紹介している。一冊読み終えるころには、必要な知識を得ることができる。

ただし、俳句を作るときにもっとも大切なのは、知識ではなく、一人一人のなめらかでみずみずしい感覚である。知識が身についても、知識におぼれることなく、感覚をとぎすまし、俳句に詠みたいと思える対象をたくさんつかまえてみることだ。

これぞと思う対象を、しっかり見つめ、あなたの思いを込めることができたとき、初めて言葉に深みが生まれ、生き生きとした魅力的な句になることだろう。

金子兜太

知識ゼロからの俳句入門／目次

第2章

間が題材を印象的にする

第4章

第5章

推敲が名句を作る

がんばるぞー

第1章

これだけは
知っておきたい
俳句の基礎を学ぶ

五七五の定型がリズムを生む

●俳句の基本構造を知る

上五《かみご》
柿くへば
かきくへば
12345

中七《なかしち》
鐘が鳴るなり
かねがなるなり
1234567

下五《しもご》
法隆寺
ほうりゅうじ
12345
「りゅ」で一音と数える

正岡子規

◎句の解説

季語は「柿」で秋。柿を食べていると法隆寺の鐘が鳴るという、奈良の情景を描き出している。目を閉じてこの句を思い浮かべると、鐘の音が聞こえてくるようである。

作者の正岡子規（一八六七〜一九〇二）は、見たありのままを表現する手法で多くの俳句を残した明治時代の俳人である（一三二ページ参照）。

俳句は五音・七音・五音の合計十七音からなる詩です。私たちは「俳句は十七文字だ」と考えがちですが、俳句を文字数で数えるのは正確ではありません。たとえば、「柿」は一文字ですが、口に出して「かき」と言うと二音になります。この音の数を「五七五」の十七音に整えるのが俳句の決まった形、つまり「定型」です。俳句を音読してみると、それがよくわかります。同時に、「五七五」が非常に心地よいリズムだと気がつくでしょう。

●身近にある五音と七音のリズム

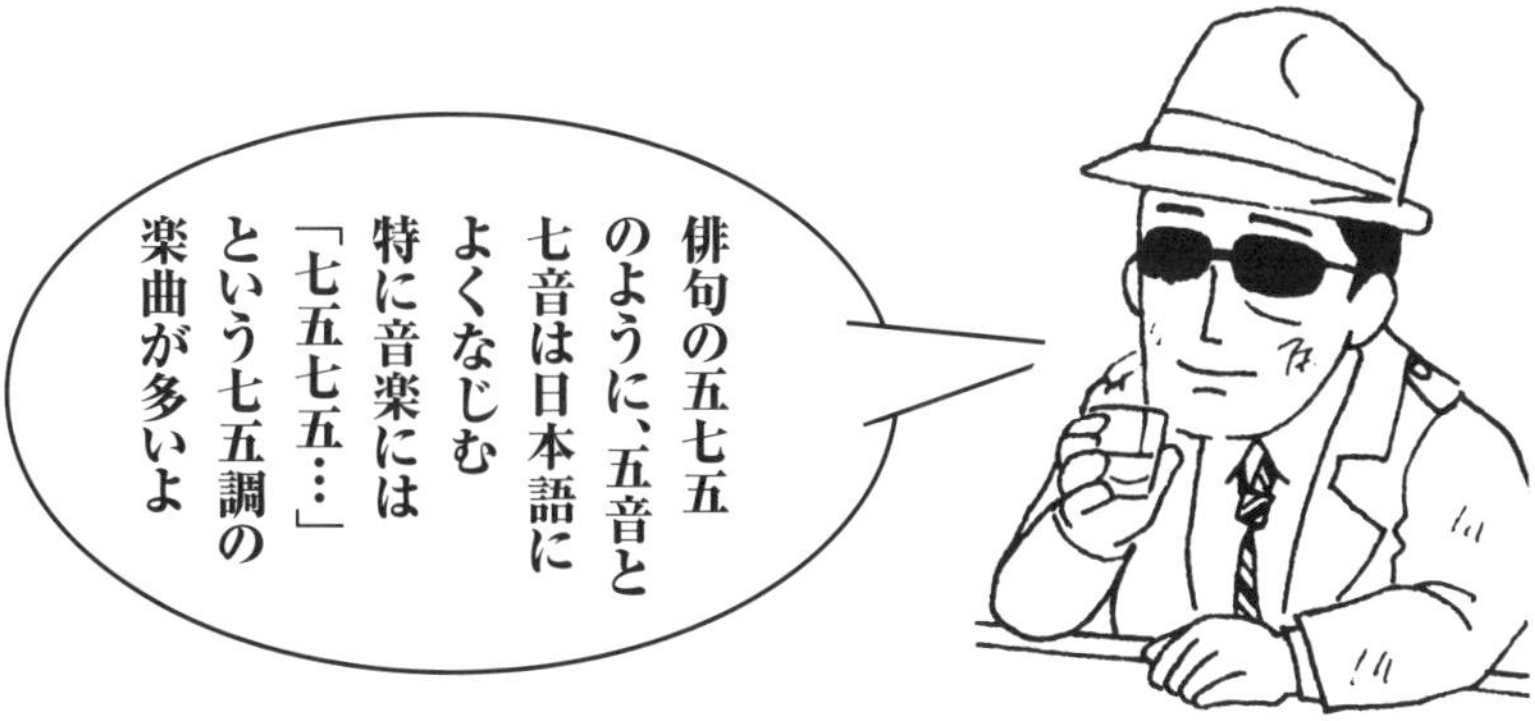
俳句の五七五のように、五音と七音は日本語によくなじむ特に音楽には「七五七五…」という七五調の楽曲が多いよ

螢の光

ほたるのひかり　まどのゆき
ふみよむつきひ　かさねつつ
いつしかとしも　すぎのとを
あけてぞけさは　わかれゆく
1234567　12345

荒城の月

はるこうろうの　はなのえん
めぐるさかずき　かげさして
ちよのまつがえ　わけいでし
むかしのひかり　いまいづこ
1234567　12345

「五七五」は昔から日本語に合ったリズムです。だからこそ私たちは俳句に惹かれるのです。

五七五かぁ…「今晩もウーロン割りを飲ませてよ」なんてどう?
五七五にはなってますね あとは、季語が入れば俳句の完成です

一句にひとつの季語が世界を広げる

●季語に歴史あり

季語は
季節を表す言葉
たくさんあるの
ですが
成り立ちによって
三つに分類
できます

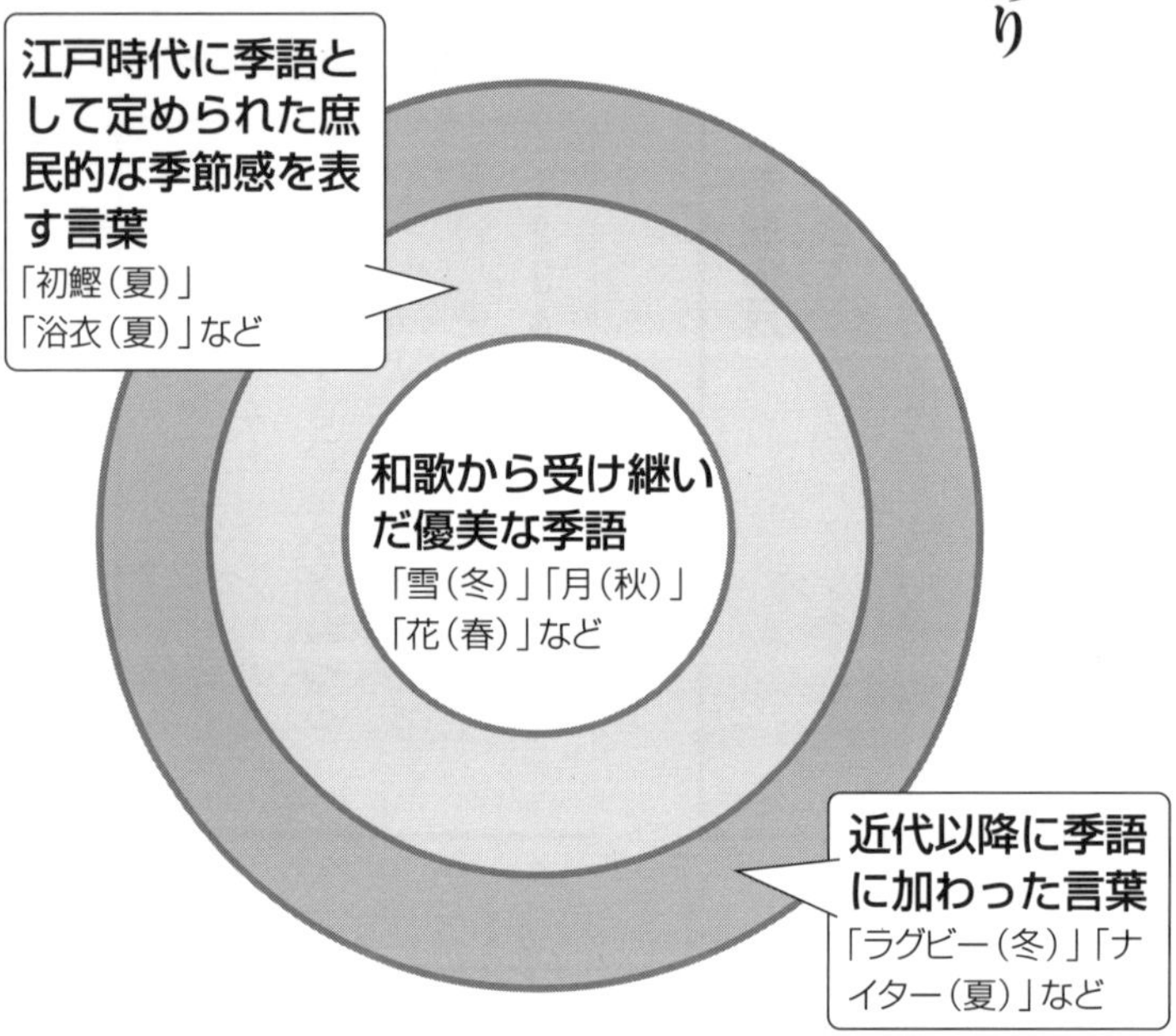
和歌から受け継いだ優美な季語
「雪（冬）」「月（秋）」
「花（春）」など
江戸時代に季語として定められた庶民的な季節感を表す言葉
「初鰹（夏）」
「浴衣（夏）」など
近代以降に季語に加わった言葉
「ラグビー（冬）」「ナイター（夏）」など

俳句には「雪」「柿」など、季節を表す「季語」が必要です。

俳句は十七音という短い詩ですが、そのなかで豊かな情景を表現できるのは、やはり「季語」があるからです。「季語」は、人々に共通の、奥深いイメージを与えます。たとえば「桜」は春の「季語」ですが、「桜」と聞いただけで花の色合いや、いさぎよく散る様子などを思い浮かべることができます。

ひとつの言葉だけでイメージがふくらみ、句に奥行きをを出すこ

●季語は俳句のイメージを豊かにする

旅人とわが名呼ばれん初《はつ》時雨《しぐれ》

松尾芭蕉

季語…季節は冬

寒さ
濡れる
冬の到来
……

☆「初時雨」の三文字から、読み手はたくさんのことを感じとる

「時雨」は、冬の季節風が山にぶつかる影響で降るにわか雨。冬の初めの頃、さっと降り始め、すぐに上がる。季節がら寒く感じられる雨で、降る範囲が狭いため、同じ地域でも雨に濡れたり濡れなかったりする。

「初時雨」は、その冬に初めて降る時雨を言い、これから冬を迎えるという寒さを感じる人も多い。

◎句の解説

時雨の季節に、雨に濡れて旅に出る決意、ただ「旅人」と呼ばれることを願う「旅」への強いあこがれが表れている。松尾芭蕉（一六四四〜一六九四）（三六ページ参照）は、『おくのほそ道』で知られた江戸時代の俳人。ほかにも、芭蕉には時雨の句が多く、時雨への思い入れをうかがうことができる。

とができるのが季語の力です。ひとつの句に使う季語はひとつにしたほうがすっきりした印象になり、季語の力を生かすことができます。

初時雨……
BAR
レモンハート

性質別の分類が、使うべき季語を教えてくれる

俳句の季語は、季節と性質によって分類されています。季節は、新年・春・夏・秋・冬に分けられ、また、性質によって、時候・天文・地理・人事・動物・植物に分けられます。

時候は「春めく」「夜長」など気候を表すもの、天文は「東風」「天の川」など地球や宇宙、空の現象、地理は「春の川」「夏野」など地のもの、人事は「雛祭り」「田植え」など行事や生活に関するものです。

これらは歳時記（一六ページ参

●季語は五つの季節に分かれる

季節	時期	例
新年	正月の時期	元旦、松の内、門松
春	立春（二月四日ごろ）から立夏（五月六日ごろ）の前日まで。さらに初春・仲春・晩春に分けられる	寒明《かんあけ》、春雨、蒲公英《たんぽぽ》
夏	立夏（五月六日ごろ）から立秋（八月八日ごろ）の前日まで。さらに初夏・仲夏・晩夏に分けられる	夏めく、雷、プール
秋	立秋（八月八日ごろ）から立冬（十一月七日ごろ）の前日まで。さらに初秋・仲秋・晩秋に分けられる	残暑、名月、紅葉狩
冬	立冬（十一月七日ごろ）から立春（二月四日ごろ）の前日まで。さらに初冬・仲冬・晩冬に分けられる	雪、七五三、枯草

●性質によって使い分ける

たとえば春の季語では、こんなふうに分けられる

時候……春寒、立春などの気候や暦
天文……春一番、陽炎などの空の現象
地理……春の川、雪解けなどの地に根ざしたもの
人事……卒業、雛祭りなどの生活・行事
動物……燕、蛙、白魚などの動物
植物……花、梅、レタスなどの植物

荒海や佐渡に横たふ天の河　　松尾芭蕉

秋の季語・天文
旧暦の七夕をもとに、初秋の季語となっている

◎句の解説

「天の河」には、七夕の伝説が込められている。日本海の荒波の向こうには佐渡島が見え、空には織姫星と彦星の伝説を思わせる天の河がかかっている。佐渡島は芭蕉の頃、流刑地であった。星が出会う晩に、家族と離された流刑地の人々がどのような気持ちで天の河を見ているのか、と芭蕉は考えたのだった。

照）と呼ばれる季語の辞典に分類・整理されています。詠みたい季節にふさわしい季語を、歳時記から探して、句に詠みこむようにしましょう。

新年に降る雪を何て言うでしょう？
えっと何だっけ…

答え…新年に降る雨や雪を「御降（さが）り」と言う

歳時記で季語を調べ、使える季語を増やす

●歳時記の中身を見てみよう

時候

春《はる》　三春《さんしゅん》

俳句でいう春とは、おおよそ二〜四月のこと。春は……

おもしろや今年の春も旅の空　芭蕉

春は物の句になり易し古短冊　漱石

春や昔十五万石の城下かな　子規

○○○○○○○○○○○○　××

○○○○○○○○○○○○　××

○○○○○○○○○○○○　××

二月《にがつ》

春の始まりの月。「二月尽」は二月が終わること。……

切株に鴬とまる二月かな　石鼎

○○○○○○○○○○○○　××

分類

歳時記では季節（春夏秋冬・新年）と性質（時候・天文・地理・人事・動物・植物）によって季語が分類されている。

俳句を作るのに季語は不可欠です。しかし、初心者にとってはあまりなじみがないものです。どんな季語があるのかわからないときには、季語の辞典である歳時記を開きましょう。

季語が思い浮かばないときには、季節ごとの章を開いて、例句を読み比べながら詠もうとしている句に合う季語を探します。

ひとつのことを表現するにも、たくさんの言葉で置き換えられることがわかります。語彙も増え、俳句作りに役立ちます。

季語
読み方が難しい季語もあるため、読みがながふってあることが多い。ひとつの事柄にもいろいろな言い方があり、季語の言い換えも載っている。

季語の説明
意味がわからなくては、季語は使えない。それぞれの季語には説明がついている。

例句
自分で句を作るときの参考になる。2句程度であったり、10句以上あったりと、歳時記によって、または季語によって例句の数は異なる。

面体をつゝめど二月役者かな　普羅
○○○○○○○○○○○○○○○　××

立春《りっしゅん》　春立《はるた》つ　春来《はるく》る

立春となりそれまでの寒い時期が終わること。……

さざ波は立春の譜をひろげたり　水巴
立春の暁の時計鳴りにけり　普羅
○○○○○○○○○○○○○○○　××
○○○○○○○○○○○○○○○　××

早春《そうしゅん》　春早《はるはや》し

立春後の、約一カ月の時期のこと。まだ寒いが、……

早春や老の血となるほうれん草　水巴
早春の飛鳥陽石蒼古たり　兜太
○○○○○○○○○○○○○○○　××
○○○○○○○○○○○○○○○　××

○○○○○○○○○○○○○○○　××
○○○○○○○○○○○○○○○　××
○○○○○○○○○○○○○○○　××
○○○○○○○○○○○○○○○　××
○○○○○○○○○○○○○○○　××
○○○○○○○○○○○○○○○　××
○○○○○○○○○○○○○○○　××
○○○○○○○○○○○○○○○　××
○○○○○○○○○○○○○○○　××
○○○○○○○○○○○○○○○　××

表現したい季節や事柄のページを開きぴったりの言葉を探してみよう

歳時記は携帯性で使い分ける

●一冊は持っていたい基本書

☆すべての季節がまとまった「合本歳時記」

サイズ
一般的な国語辞典や漢和辞典と同じくらい。

季語数
2000語程度のものから7000語に及ぶものまでさまざま。

おすすめポイント
春・夏・秋・冬・新年の5つの季節が1冊にまとまっていて、解説も丁寧。初心者がまず持っておきたいのがこのタイプ。

☆必要な巻だけを参照できる「分冊歳時記」

サイズ
「春」「夏」「秋」「冬」「新年」の5冊に分かれていて、一般的な辞書くらいのものが多い。なかには百科事典サイズの大型歳時記も。

おすすめポイント
分冊になっているぶん、内容は詳しい。また、数冊あるうち、必要な季節の巻のみを参照すればよい。

「自分の歳時記が欲しい」と思ったら、書店へ行ってみましょう。数多くある歳時記のなかから自分に合った最初の一冊を選ぶとき、ポイントになるのは携帯性です。俳句は外で作ることも多いので、持ち運びができるサイズのものがおすすめです。

しかし、サイズを追求するあまり季語の解説や例句が省略されているものは、初心者には不向きです。それぞれの季語に解説と例句がついている、平易なものを選ぶようにします。俳句の先輩におす

●外出時に便利な「携帯版歳時記」

☆持ち運びにぴったりな「文庫判・新書判」

季語数

重要な季語のみを厳選して掲載。1000～2000語程度収録されている。

季語の解説と例句

解説がついていない季語もある。例句の数は3～5句程度。解説が少なく、初心者には少し高度。

おすすめポイント

持ち運びしやすく、屋外で句を作るときにぴったり。

☆読み物としても楽しめる「分冊・携帯版」

詳しい解説

ひとつの季節について詳しく書かれているので、実作にも、辞書としても大活躍。

おすすめポイント

コンパクトサイズでありながら内容が豊富なので、小説の代わりに読み物として楽しむこともできる。

歳時記によって解釈が異なる季語

夏のイメージが強い「西瓜《すいか》」だが、歳時記によっては秋の季語に分類されていることもある。昔は秋に食べられていた西瓜が、栽培方法の進歩により、夏に食べられるようになってきたからだ。大きめの歳時記は、こうした時代による食べ物の変化や、行事などの変化についても触れている。

また、西瓜の旬が立秋（8月8日ごろ）を過ぎた頃であるため、暦上では秋に分類するという考え方もある。

すめの歳時記を聞いて、自分にぴったりな歳時記を探しましょう。

●目的に合わせて選ぶ「かわり種歳時記」

☆より実践向きな「季寄せ」

サイズ
携帯できる大きさである。

季語の解説
季寄せは季語を集成することを目的としたもの。季語の解説は少ない。まったく解説がないものもある。

おすすめポイント
句会や吟行《ぎんこう》への携行にぴったりで、実践向き。

季寄せ

☆季語の得意分野を作る「テーマ別歳時記」

花
歳時記
鳥
歳時記

テーマ別に特化した季語
「花」「動物」など特定の分野の季語だけが集められている。

おすすめポイント
この種の歳時記を読みこんで、たとえば、花の季語をマスターし、得意分野にするのもおもしろい。

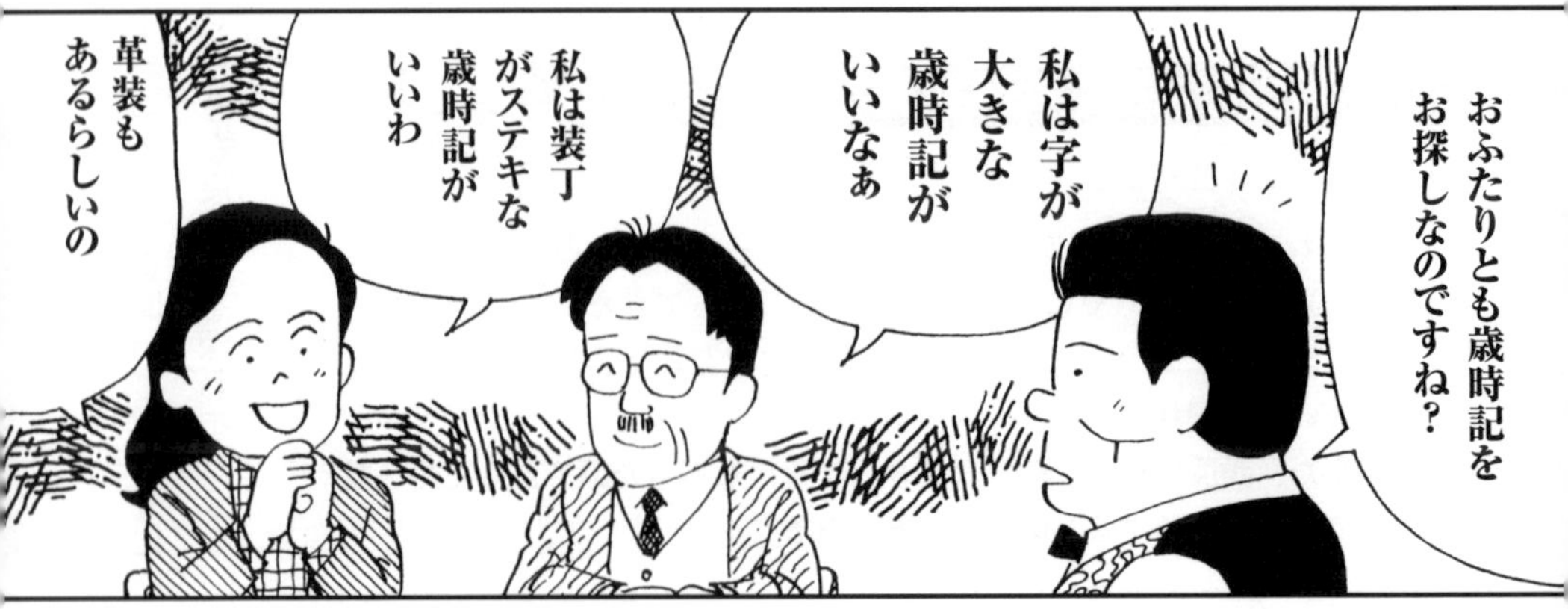
おふたりとも歳時記をお探しなのですね？
私は字が大きな歳時記がいいなぁ
私は装丁がステキな歳時記がいいわ
革装もあるらしいの

☆使用者急増中「電子辞書」

歳時記を搭載
国語辞典や広辞苑だけではなく、歳時記まで収録されているものがある。

おすすめポイント
コンパクトで持ち運びに便利なうえ、豊富な情報量を誇る。今後、俳句作りに欠かせないツールになるかもしれない。

☆俳句でも便利な「インターネット」

インターネット歳時記
インターネット上で季語を調べることが可能。歳時記の機能を持ったホームページがたくさんある。

検索機能が便利
お目当ての季語を探すための検索機能が充実している。

おすすめポイント
季語以外の語句からも例句の検索ができる場合が多く、例句探しにも適している。

知らない言葉は調べて身につける

他の人の俳句を見ていると、読み方や意味のわからない言葉に出会うことが多い。歳時記だけでなく、国語辞典や漢和辞典を手元に置いておき、気になったらすぐに調べる習慣をつけよう。そうすることが、自分の語彙を増やすことにつながり、句を作るときにも役に立つ。

たくさんの辞書を持ち歩くのは困難だ。新定番になりつつある電子辞書は、歳時記や広辞苑、漢和辞典などが一台に収まっている。かさばらず、持ち運びに便利で使い勝手はいい。

季語と季節感のズレを知り、俳句に詠み込む

●季語と季節感にはズレがある

①**中国発祥の暦によるズレ**…日本で昔使われていた旧暦は、中国から伝わったもの。もともと日本の季節感とはズレがある。

②**暦の変更によるズレ**…明治五年に旧暦から新暦へ。季語の区分は旧暦に従っており、季節感との間に一ヵ月ほどズレが生じた。

③**季節先取り精神によるズレ**…俳人は、新しい季節を敏感に感じとり、句に詠んだ。句が実際の季節感を先取りするようになった。

俳句では立春から立夏までの間を春と考えています。しかし、立春というと二月四日ごろにあたり、まだ冬だと感じる人も多いでしょう。俳句と実生活の季節感にはズレがありますが、基本的には歳時記に書かれた季節通りに季語を使うようにします。

二月ごろであっても、梅の花が咲いていたり、少し暖かく感じる日があったりと、春の気配を見つけることができます。感覚をとぎすまし、季節感を味わうことが大切です。

●地域ごとに違う季節感を句にする

★九州の暖かい春

チューリップポカポカ大きくなっている　木下真実

◎句の解説

季語は「チューリップ」で春。春の暖かい日ざしのなかで、チューリップがどんどん成長していく様子を詠んでいる。春のイメージを、チューリップの成長ととらえた句。作者は宮崎県でこの句を詠んでいる。

九州地方の暖かさや、早い春の訪れが感じられるような句である。

★東北のまだ寒い春

人体冷えて東北白い花盛り　金子兜太

◎句の解説

季語は「花盛り」で春。体はまだ冷たさを感じる東北の春、桜だけではなく他の花も一斉に咲きほこっている様子を詠んでいる。「人体冷えて」という言葉からは、東北ならではの冷え冷えとした空気が感じられる。そのなかで、長い冬の間、春を待ちこがれていた花々が、時を同じくして開くのである。

音数の数え方を覚え、字余り・字足らずを防ぐ

●文字数でなく音数で数える

次の四つが紛らわしいので
チェックしておこう

拗音《ようおん》

1 しょ
2 う
3 ね
4 ん

促音《そくおん》

1 ち
2 っ
3 ぽ
4 け

撥音《はつおん》

1 ざ
2 ん
3 ね
4 ん

長音《ちょうおん》

1 サ
2 ー
3 カ
4 ス

俳句は十七音からなる詩です。しかし、小さな文字や、長く伸ばす音、「ん」などは、何音と数えたらよいか迷う人も多いでしょう。

数え方は覚えてしまうと簡単です。小さな「ゃ」「ゅ」「ょ」をつける「きゃ」「しゅ」「ちょ」などは拗音といい、「きゃ」で一音です。同じ小さな文字でもつまる音の「っ」は促音といい、それだけで一音に数えます。促音を含む、「きっぱり」などの言葉を発音する場合、「っ」で一音分とっていることがわかるでしょう。

●例句で数えてみる

百円ですくった金魚みな元気

佐藤佑介

まずは読み方をチェック

ひゃくえんですくったきんぎょみなげんき

1 2 3 4 5 　1 2 3 4 5 6 7 　1 2 3 4 5

拗音や促音、撥音を使いつつ五七五のリズムに乗っている

◎句の解説

季語は「金魚」で夏。夏祭りでは、たくさんの夜店が連なってにぎわいを見せる。夜店のなかでも、金魚すくいはもっとも多く見かけられるものである。金魚すくいですくった金魚は弱っている場合もあるが、作者の金魚はすべて元気であった。そのことに驚き、喜んでいるのである。

また、「ん」は撥音といい、一音に数えます。「サービス」などの「ー」の部分は長音といい、こちらも一音です。これらの音も正しく数え、句を十七音に収めるようにしましょう。

字余りや字足らずにも名句はたくさんあるわ
でも、最初は五七五のリズムから何事も基礎が大事よ

季語の言い換えで五七五に収める

●季語は言い換えられる

★新年
初日＝初日の出＝初旭
初夢＝貘枕《ばくまくら》＝初寝覚

★春
暖か＝春暖《しゅんだん》＝ぬくし
鶯＝春告鳥《はるつげどり》＝経読鳥《きょうよみどり》

★夏
立夏＝夏立つ＝夏に入る
牡丹＝富貴草《ふうきぐさ》＝深見草《ふかみぐさ》

★秋
こおろぎ＝ちちろ虫
流星＝走り星＝星飛ぶ

★冬
枯野＝枯野原＝朽野《くだらの》
冬の星＝寒星＝星冴ゆる

使いたい季語を使うと句が五七五に収まらない、と悩むこともあります。

そんなときは、歳時記を開いてみるようにします。

たとえば、「おたまじゃくし」には「蛙の子」や「蝌蚪《かと》」という言い換え語があります。

他にも、「鶯《うぐいす》」には「春告鳥」、「梨」には「ありの実」、「蛇」には「くちなわ」など。

また、「立夏」を「夏に入《い》る」というように、名詞から動詞に言い換える方法もあります。このよ

●「日永」を言い換える

どうしても「日永《ひなが》」を使って句を作りたい
920
「日永の…」四音か…

永き日のにはとり柵を越えにけり　芝不器男

◎句の解説

春になり、日が少しずつ長くなっていく。そのような穏やかな日に、あまり飛ばないはずの鶏が柵を飛び越えた驚きを詠んだ。田舎の春の光景が感じられる。芝不器男（一九〇三〜一九三〇）は愛媛県出身で、「ホトトギス」への投《とう》句《く》から有名になったが、二十六歳の若さで亡くなった。

うな言い換えをたくさん覚えておくと、句を定型にまとめるのに便利です。

「日永」は「永日」「永き日」とも言い換えられますよ

★日永とは……
春の時候の季語。春分を過ぎ、日が長くなっていくことを表す。気持ちにもゆとりが生まれる。

俳句独特の漢字の読み方で、リズムを整える

●俳句だけの漢字の読み方がある

大根引き大根で道を教へけり

↓読み方は…

×だいこんひきだいこんでみちをおしえけり
（「き」「を」）字余り

○だいこひきだいこでみちをおしえけり

◎句の解説

季語は「大根引き」で冬。「大根引き」とは、大根を引き抜いて収穫することである。畑にいる人に道を尋ねたら、大根を引き抜いている最中だったために、指さす代わりに、大根で「あっちだよ」と教えられたという意味。

小林一茶（一七六三〜一八二七）は、親しみやすい句をたくさん残している（一〇〇ページ参照）。

「だいこ」と読むと、五七五になるのか…

小林一茶

俳句を読んでいると、五七五に収まらないように見える句に出会うことがあります。わざと字余りや字足らずで読ませる句もありますが、漢字の読み方によってそのままで五七五に収まる句があります。

たとえば、「大根」はふつう「だいこん」ですが、俳句では「だいこ」とも読みます。五七五にしたいときは、「だいこん」と「だいこ」のどちらでも、収まりのいい読み方を選べばいいのです。

句を鑑賞するときや句を作ると

●読み方が複数ある漢字を覚える

漢字	ふつうの読み方	俳句独特の読み方
大根	だいこん	だいこ
牡丹	ぼたん	ぼうたん
夕立	ゆうだち	ゆだち
夕焼	ゆうやけ	ゆやけ
日短か	ひみじか	ひいみじか

きは、他の読み方がないかどうかを確認してみてください。ぴったりな読み方が見つかって、リズムが良くなることがあります。

たとえば「間」は
「あいだ」「かん」
「ま」「はざま」など
いろいろに読めます
漢字の読み方に
注目して句を
鑑賞するのも
楽しいものです

大根の季節もさまざま

「大根」は一年中食べられるが、初秋に種をまき、冬に収穫されるものがもっともおいしいので、冬の季語になっている。一茶の句の「大根引（き）」というのは大根を収穫することなので、これも冬の季語である。

しかし、大根であっても冬の季語ではないものがたくさんある。たとえば「春大根」は、晩秋に種をまいて春に収穫するので春の季語。また、種を取るために残した少数の大根が春に花を咲かせるので「大根の花」も春の季語である。他には、夏の季語として、夏に収穫される「夏大根」がある。夏大根は味が劣るものの、早い収穫で重宝がられる。

書きとめたフレーズが俳句のもとになる

俳句にしたいフレーズは、机に向かっているときに思いつくものとはかぎりません。外に出て、花や鳥を見たときに突然思いつくこともあります。

そのようなとき、「句帖」が手元にあると便利です。句帖は俳句専用のものが市販されていますが、ポケットに入るような大きさのノートであればいいでしょう。日頃から、句帖に思いつきを書きとめる習慣をつけるようにします。

身の回りのことに敏感になると、フレーズを思いつくことも多くな

●思いつきが俳句になる

★フレーズをメモする

- 今の時期にぴったりな季語
  例「コスモス」
- 見た・感じたありのまま
  例「無邪気な子ども」
- 使ってみたい言葉
  例「愁い」

それぞれを五音や七音にまとめる

★フレーズの組み合わせ
フレーズからの連想で俳句ができる

コスモスや子どもは知らぬ愁いあり

●俳句専用ノートを作る

★どんなノートにする？

・ポケットサイズが持ち歩きやすい
・罫線があるほうが書きやすい
・創作意欲がわくような、気に入ったデザインのものを選ぼう

★どうやって書く？

・縦書きにしたほうが雰囲気が出る
・句と句の間をあけておくと、あとで書き込みがしやすい
・気負わず、思いついたら即メモをとる

ります。俳人としての第一歩を踏み出すのに、句帖の活用は欠かせません。

思いついたらすぐにメモしないとね

旧かなづかいが古風な情緒を生む

●旧かなづかいの句を味わう

旧かなづかいならではの
やわらかい雰囲気に注目

たとえば…

あらたふと青葉若葉の日の光　**松尾芭蕉**

あらとうと（ああ尊い）
かなづかいからも優雅さが感じられる

◎句の解説

季語は「青葉」「若葉」で夏。「青葉」「若葉」はともに、初夏を迎えた木々に生えてくる新しい葉のことである。芭蕉（三六ページ参照）は栃木県の日光山東照宮で、この句を詠んだ。初夏を迎え、新緑に覆われた山。新緑の木々に日の光がそそいで光っている姿に、東照宮ならではの尊さを感じたのである。

旧かなづかいで書くメリットが何かは、旧かなづかいで書かれた文字面を見るとわかります。

たとえば、現代かなづかいでは「ちょうちょう」と書く昆虫の蝶を、旧かなづかいでは「てふてふ」と書きます。「てふてふ」という文字を見て、蝶の大きくて薄い羽、空を飛ぶ様子が思い浮かぶ人も多いでしょう。このように、旧かなづかいにしか出せない独特の雰囲気があるのです。

しかし、新旧どのかなづかいを使うか決めるのは自由です。好きなほうを選んで、かなづかいの雰囲気を楽しみましょう。

●覚えておきたい旧かなづかい

旧かなづかい	現代かなづかい
あさつて ※促音などの小さい字は、旧かなづかいでは大きく書く	あさって
…でせう	…でしょう
ごきげんやう	ごきげんよう
かをり	かおり（香り）
をり	おり（居り）
こゑ	こえ（声）
とぢる	とじる（閉じる）
あはれ	あわれ（哀れ、憐れ）
てふてふ	ちょうちょう（蝶々）
…てふ	…という（と言う）
ゐふ	いう（言う）

俳句はお酒と同じ
目でも味わうことができるんだ

ひと続きの縦書きで句のリズムを守る

●縦書きで、改行・スペースなしで書く

★俳句の書き方三つのポイント

① 縦書きにする
俳句は上から下へ読み下すもの。横書きより縦書きが望ましい。

② 一行で書く
切れ目は読み手が感じるもの。改行せずに一行で書いて、読み手のリズムに委ねよう。

③ 間を空けない
間を空けると、リズムが壊れてしまう。ただし、意図がある場合は空けることもある。

このように書くのが一般的だよ

この本にはたくさんの俳句が載っていますが、見ていて何か気づくことはありませんか。

どの句も縦書きで書かれていますね。これは、短歌や小説といった、他の文芸作品にも共通することです。

さらに特徴的なのは一行で書かれていることです。俳句は上五・中七・下五のどこかで意味が切れても、スペースをとらずにそのまま続けて書きます。

文を書くときは意味の切れ目に「、」（読点）を打ちますし、文と

読めない
漢字も多いし
つなげて
書いてあると
切れ目が
わからないなあ
わからない
漢字は
辞書で
ちゃんと
調べてみた？

俳句を正しく読むためには、言葉や漢字をたくさん覚えることが大切だ。

文との内容が変わるときには改行することもあるのに、一行で続けるのは、俳句に五七五というリズムがあるからです。

句を見た人が上から下まで一気に読めるようにすることで、リズムを守ることができるのです。

書き方には俳人のこだわりがある

炎昼や亡き祖母の家
ひんやりと

俳句の基本はひと続きで表記することだが、改行を入れて複数行で表す「多行俳句」や、意味の切れ目にスペースを入れて表記する「分かち書き」といった、独特の書き方もある。

たとえば、右の例句のように、意図的に改行を入れることで、行間に意味を持たせたり、視覚的な効果を狙ったりすることもある。

COLUMN

芭蕉の人生には多くの謎がある

東北地方の旅で作った句を多く収めた『おくのほそ道』は、芭蕉の作品のなかでももっとも広く知られている。他にも芭蕉には、『野ざらし紀行』『笈《おい》の小《こ》文《ぶみ》』など、旅をもとにした作品がたくさんある。終焉の地も旅先の大坂《おおさか》であった。51歳だったという。

芭蕉は多くの旅をした人物であり、その旅の記録から、非常に健脚であったことがわかる。『おくのほそ道』の旅程は約2400kmにも及んでいるのだ。この健脚と、忍者の里である伊賀の出身であることが憶測を呼び、芭蕉は忍者だったのではないかという話まである。

忍者説の真偽はともかく、謎の多い人物だといえよう。芭蕉の旅の記録や作品は晩年の10年に集中しており、40歳以前の記録はほとんどない。さらに、『おくのほそ道』の旅に随行した弟子、曾良《そら》もどういう人物かはっきりしない。この師匠にしてこの弟子あり。時を経て、芭蕉の謎は深まるばかりだ。

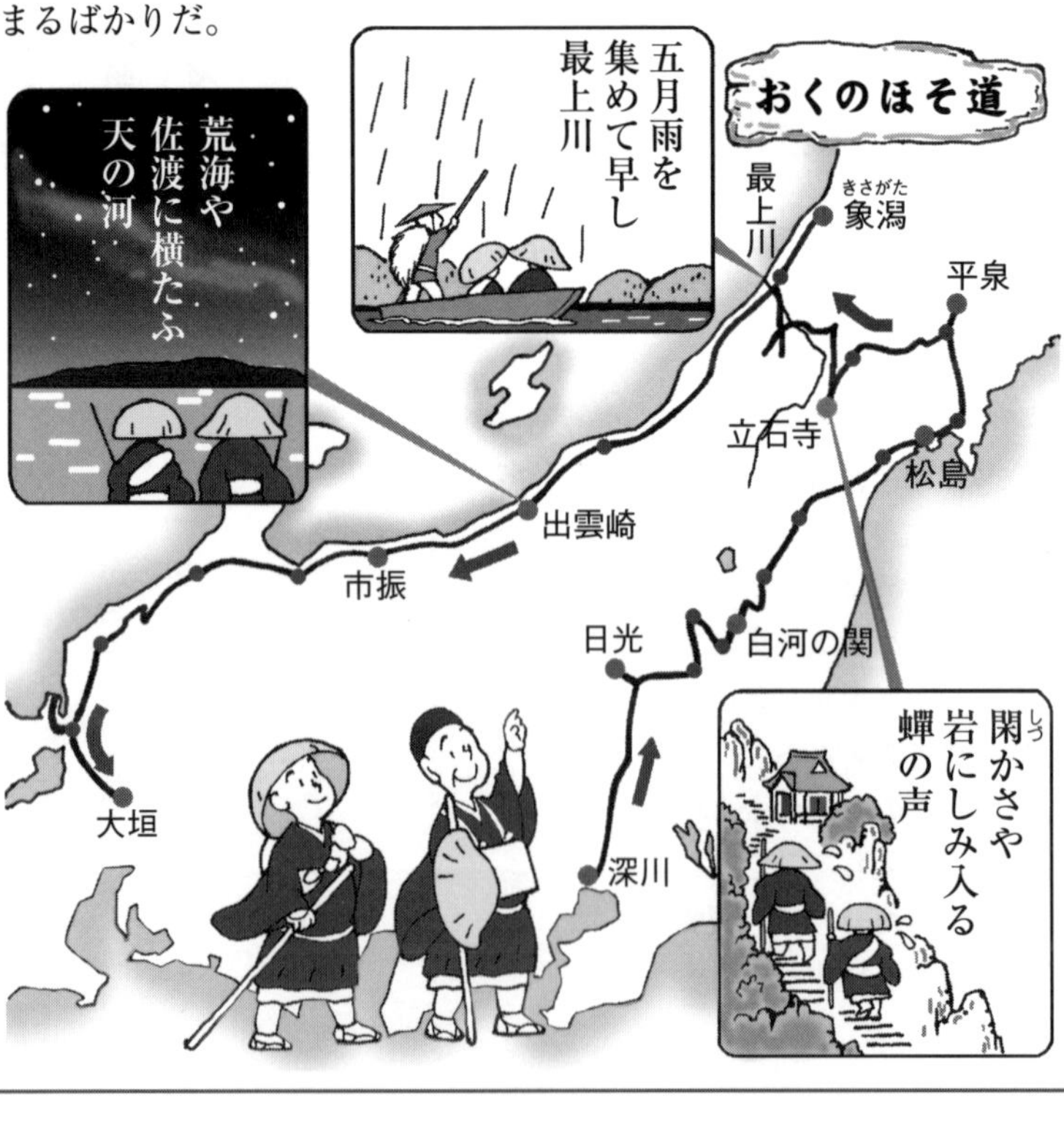
おくのほそ道
五月雨を集めて早し最上川
荒海や佐渡に横たふ天の河
閑《しづ》かさや岩にしみ入る蟬の声
最上川
象潟《きさがた》
平泉
立石寺
松島
出雲崎
市振
日光
白河の関
大垣
深川

第2章

間が題材を印象的にする

題材を見て、題材に触れてこそ俳句ができる

●見て思い浮かんだ言葉を大切にする

○○城、天守閣、堀、石垣
例…梅雨晴や鈍く光れる天守閣
例…二重橋水の音だけが響く夏
○○橋、欄干、橋脚

俳句には「これを詠まなければならない」という決まりはありません。どのようなテーマでも詠むことができます。

しかし、いざ作ろうとすると何を詠めばいいかわからない、という人も多いでしょう。そのようなときは、まず、そばにあるものを観察してみましょう。窓の外には、おもしろい形の雲が浮かんでいるかもしれません。飛ぶ鳥が見える場合もあるでしょう。

日常生活のなかでも、改めて観察するとさまざまなものが発見で

例…麦わらに少年時代映し出す
麦わら帽、虫取りアミ、タンクトップ
キリギリス チョン
きりぎりす、虫の声、草むら
キリギリス チョン
例…きりぎりす姿は見えぬ草の中

きます。ありきたりだと思っていた毎日から題材を発見する楽しみも俳句のおもしろさなのです。

自然に触れて、季節を感じる

俳句はビルに囲まれた都会よりも、自然が豊かな田舎を題材にすることが多い。田舎のほうが、季節の変化を感じさせ、季語として表現しやすいためでもある。また、季語で表現される季節は、具体的で、ありありと感じられる。季節を感じさせる俳句を作るには、自然に親しむのが一番というわけだ。

このようにして俳句を作っていると、次第に自然に対する興味がわいてくる。自然は題材の宝庫なのだ。

日常の驚きが、読み手に感動を与える

日常のちょっとした驚き
大発見！でなくてよい
＝
心の揺れ
俳句に詠みこむと
読み手の心も揺さぶる
毎年、立春の頃は寒いけど、今年は暖かいわ「立春や季節を急ぐ陽気かな」なんてどうかしら
確かに暖かいなあ日々の忙しさに追われて、気づかずに過ぎていくところだったよ

毎日通る道でも、観察を深めればちょっとしたことに驚くことができます。昨日まで雑草が生えていたところに今日は花が咲いているなど、毎日見ているからこその発見があります。

同じように、日頃使っている道具や一緒に暮らしている人、動物からも、驚きを見つけることができます。

日々の暮らしのちょっとした驚きや発見は、多くの人が共有できる気持ちです。ぜひ句に詠み、人に伝えてみてください。

●驚きを詠み込んだ句を作る

「うるせえよ」親に放った矢が痛い

高田将太

◎句の解説

思春期といえば、つい親にきつい言葉を投げかけてしまう時期。それは時として矢のような厳しさをともなう。

作者が言ったのは「うるせえよ」という言葉。しかし、自分で言った言葉が、厳しい語調のまま自分の胸にはねかえってきて、ハッと驚く。そのような驚きを感じるのも成長の証なのだ。

是《これ》がまあつひ《い》の栖《すみか》か雪五尺

小林一茶

◎句の解説

季語は「雪」で冬。「是がまあ」とは、ため息をつくときの言葉。「つひの栖」とは最後のすみかのこと。故郷に帰ってきた一茶（一〇〇ページ参照）は、死ぬまで過ごす土地の雪を見て、ため息をついた。

故郷に帰ってきたという気持ちと、雪深い土地での暮らしに対する不安に、一茶自身、揺れていることがわかる句である。

二つの題材の組み合わせが驚きを生む

●二つの題材からひとつの句が生まれる

関係のない二つの題材の組み合わせ

木がらしや目刺にのこる海のいろ

芥川龍之介

新鮮!!
びっくり!

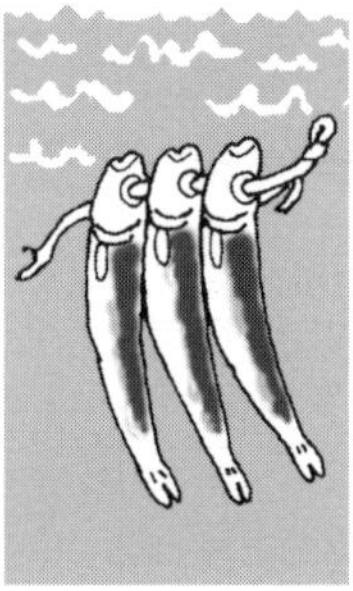

◎句の解説

季語は「木がらし」で冬。木がらしとは、冬の初めに吹く、冷たい風のこと。木がらしの吹くある日、送られてきた目刺《めざし》を見ると、乾燥した魚なのに、海の色が残っているように見えたという句。芥川龍之介（一八九二～一九二七）は小説家として有名であり、『鼻』『羅生門』などの作品で知られている。

ひとつの句のなかに、二つの題材を詠むことを「取り合わせ」と言います。

「取り合わせ」に使われる題材は、「雨」と「傘」のように、すぐ連想できるものではなく、むしろ関係のないものであることがほとんどです。この方法によって、新鮮なイメージになったり、相乗効果でより味わい深くなったりします。

だからといって、目についたもので、まったく関係のないものを適当に二つ並べて書いても、意味不明の句になってしまいます。

●つかず離れずの二つの題材を選ぶ

× つきすぎ

大空+いわし雲

空と雲は題材が同質のもので内容がつきすぎているため、「これしかない」組み合わせにはなっていない

× 替えがきく

父+いわし雲

「父」を「母」「子」などに替えてもおかしくない。つまり、父といわし雲は、「これしかない」組み合わせにはなっていない

ハモニカが欲しかった日のいわし雲

前田とく子

◎句の解説

季語は「いわし雲」で秋。秋の空高くに発生する小さな雲の集まりで、「鱗雲」などとも呼ばれる。フワフワとかわいらしい形のいわし雲に、「ハモニカ」という幼少期や学校生活を思い起こさせるものを組み合わせ、懐かしい光景を描き出している。やさしい気持ちになれる句である。

題材を組み合わせるときにはコツがあります。

句の中心となるひとつの題材についてまず考え、それに対して「これしかない」という組み合わせを見つけます。

一見まったく関係がないように見えて、よく考えるとつながりがある、そんな意外性のある絶妙の組み合わせを見つけられれば、うまくいったといえます。

取り合わせは昔から、俳句の手法として親しまれてきました。

たとえば、有名な作品では芭蕉の「夏草」と「兵《つわもの》」の組み合わせがあります。

句集を読み、取り合わせの美を探してみると句作の参考になるでしょう。

●挑戦したい組み合わせ①　遠近・大小の効果

ニヒリズムそのナメクジは海を見た　片岡秀樹

◎句の解説

「ナメクジ」という小さなものと「海」という大きなものの組み合わせが印象的な句である。また、ナメクジの土色をした体と、青い海との色の対比も感じられる。「ニヒリズム」とは、既成の価値を認めないこと。ナメクジのはう姿は、ニヒリズムに通じるとも感じさせる。「ナメクジ」は夏の季語。

閉園まで象を見た日のアキアカネ　大野泰司

◎句の解説

季語は「アキアカネ」で秋。アキアカネは赤とんぼの一種で、漢字で書くと「秋茜」。秋の日、動物園が閉園するまで象を見ていた。その目の前をアキアカネが飛んでいく。閉園と、アキアカネという言葉から秋の寂しい様子が浮かぶ。象という大きなものと、アキアカネという小さなものの対比も美しい。

初心者は大小の対比を
頭に入れておくと作りやすいぞ

●挑戦したい組み合わせ② 日常のさりげなさ

春はあけぼの白いごはんが炊けている　和田京子

◎句の解説

季節は春。春の夜明け、昨晩準備しておいたごはんが炊けた。白米が炊けたときの甘い匂いが、春の台所にかすかに香っているのである。「春はあけぼの」という文学的な言い回しと、白いごはんが炊けるという日常生活の取り合わせが新鮮で、穏やかな春の朝を感じさせる句である。

北風や国語の教師くしゃみする　倉島昌那

◎句の解説

季語は「北風」「くしゃみ」で冬。強い北風が教室の窓を叩いている。そんな季節は寒さのために体調をくずしやすく、風邪がはやる。北風の音が聞こえる授業中、国語の教師のくしゃみをした瞬間を詠んだ。北風という厳しさを表す言葉と、教師のくしゃみという人間味のある動作の取り合わせがおもしろい。

組み合わせて化学反応を

関係のない二つのモノをひとつの句に詠むことは、二つの物質を混ぜて化学反応を起こすことに似ている。それぞれひとつだけでは表現しえない別の何かを生み出す力があるということだ。俳句ではこの手法を「二物衝撃」とも言う。

どのような二物を組み合わせるかは、センスの問題だ。現代の感覚を生かすことによって、新鮮な組み合わせも生じるだろう。組み合わせるためには、使いたいモノ、コトをこまめにメモしておくといい。それにより、気がついたときに別のモノと取り合わせることができる。長いスパンで句作に取り組むことも大切だ。

注意深く見れば、ひとつの題材で句ができる

●観察する対象と向き合う

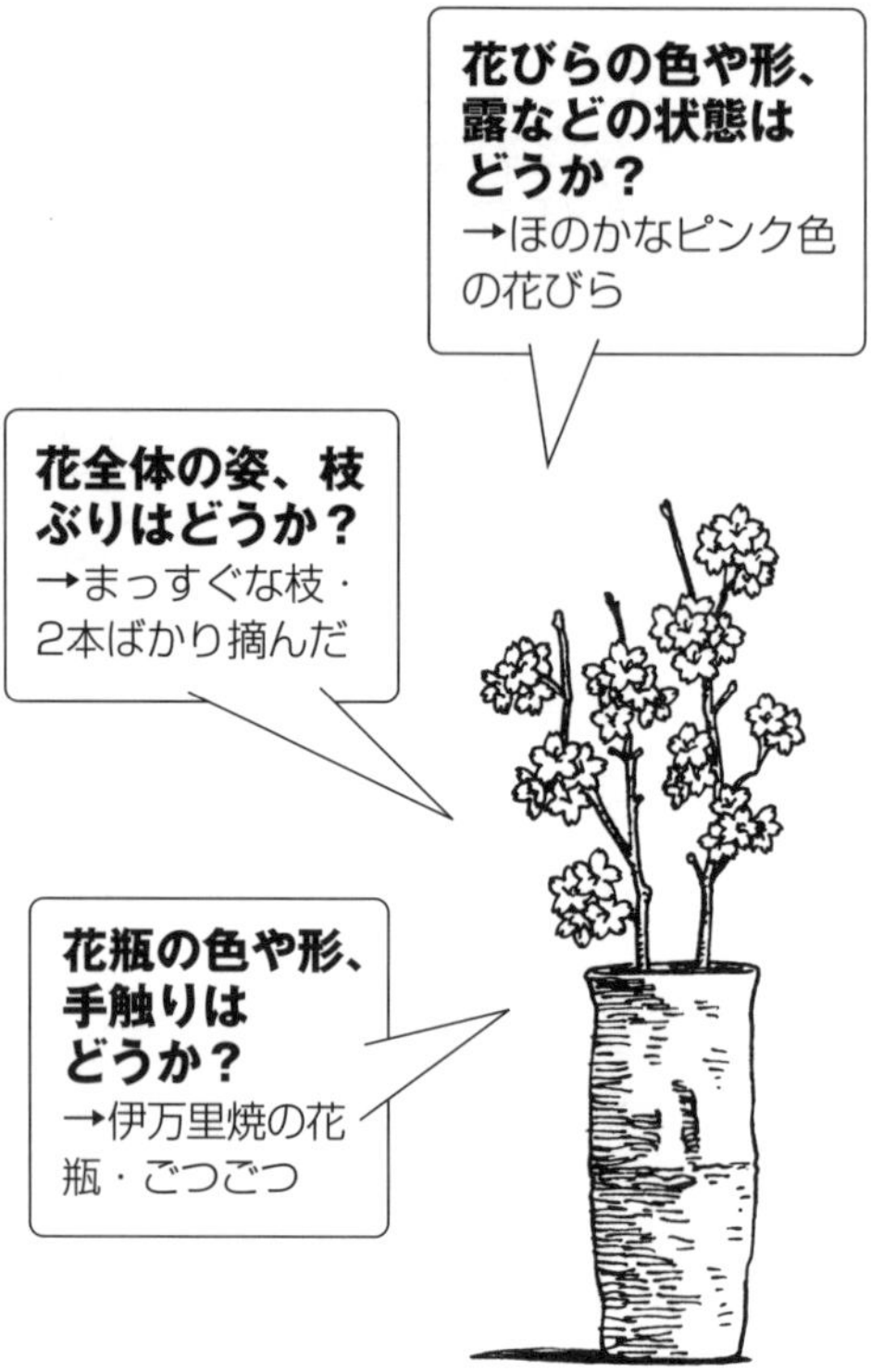
花びらの色や形、露などの状態はどうか？
→ほのかなピンク色の花びら
花全体の姿、枝ぶりはどうか？
→まっすぐな枝・2本ばかり摘んだ
花瓶の色や形、手触りはどうか？
→伊万里焼の花瓶・ごつごつ

↓

桜摘み伊万里の花瓶ごつごつと

ひとつの題材だけで句を作ることを「一《いち》物《ぶつ》仕《じ》立《た》て」と言います。「一物仕立て」の句は、上五、中七などで切れを作らず、上から下まで一気に詠み下すので、勢いが出ます。

しかし、題材がひとつしかないので、単なる物の説明になりがちです。そのため、かえって難しいと感じる人もいるでしょう。

説明になるのを避けるためには、題材をよく観察することが大切です。あきるほど見ることで、題材の本質が見えてきたり、新たに何

●一物仕立ての句を作る

せんたくものへぴかぴか光おりてくる

山田ともえ

◎句の解説

晴れた日に、白い洗濯物が光を浴びてぴかぴかと光っている。洗濯物に光が反射するその様子をひとつの景色としてとらえ、写しとった。「洗濯物が光っている」ではなく、「ぴかぴか光おりてくる」と表現したことで、日当たりのよい庭の穏やかな様子や、のんびりと流れる時間が目に浮かぶ句になっている。

かたまつて薄き光の菫《すみれ》かな

渡辺水巴《すいは》

◎句の解説

季語は「菫」で春。薄い色の菫がかたまって咲いているところに、日の光が当たっている様子を詠んでいる。菫の花の弱々しさやかわいらしさとともに、春の光の穏やかさが感じられる。

渡辺水巴（一八八二〜一九四六）は大正時代の初めごろに、高浜虚子が主宰する俳句雑誌「ホトトギス」で活躍した。

か発見したりすることもあります。

本質をついたり、発見をストレートに表現するには「一物仕立て」が効果的。ぜひ挑戦してみてください。

ずっと見てたら眠くなってきた

意味の切れ目が俳句らしさや余韻・余情を生む

俳句では、表現したい言葉を全部並べたり、「感動した」といった気持ちを長々と書き込んだりすることができません。そんなときに、「切れ」を活用します。

「切れ」を作ると、そこで気持ちや情景が省略され、句のなかに「間」を作ることができます。句を鑑賞する人は、その「間」について、想像をふくらませることで省略部分を埋めようとします。

句が余韻のあるものになり、また、「切れ」によって句も引き締まり、より俳句らしくなります。

●切れ方のパターンを知る

★切れ方3つのパターン

①切字《きれじ》の前後
②名詞の前後
③述語の前後
で切れる

★切字について

や
かな
けり

他の言葉と結びつくことで、その言葉に余韻を持たせる

(例) 若草や、日暮かな

●意味の切れ目を探す

夏草や／兵《つわもの》どもが夢の跡

切れ

松尾芭蕉

◎句の解説

季語は「夏草」で夏。源義経が最期を迎えた土地、平泉で作られた。義経たちが戦った平泉の高館だが、芭蕉（三六ページ参照）が訪れたときには廃墟となっており、草が生い茂っていた。夏草を眺めながら、芭蕉は義経たちが戦う姿を想像したのだろう。想像と現実が切れ字「や」で効果的につながっている。

瘦蛙《やせがえる》まけるな／一茶是《これ》に有り

切れ

小林一茶

◎句の解説

季語は「蛙」で春。蛙の雄は雌を取り合って戦うという。この戦いで、瘦せた蛙が他の蛙に負けそうになっているのを見つけ、「一茶がここで応援しているぞ」と呼びかけた句。一茶（一〇〇ページ参照）は中年を過ぎる頃になっても妻がいなかった。瘦蛙を自分に重ね合わせて応援するという気持ちもあったのだろう。

切字以外は
普通の文章と
同じと考えれば
いいのね

「〜や」が感動の中心をはっきりさせる

●「や」は名詞につき、直前を強調する

古池や蛙《かわず》飛び込む水の音
松尾芭蕉

☆中七が下五を修飾
中七と下五がひとまとまりになり、下五で切れていることが強調される

☆上五は名詞＋や
「や」は上五と相性がいい。また、名詞の下につくことが多い

☆名詞止め（体言止め）
名詞で終わると句がより印象的になる

◎句の解説

芭蕉（三六ページ参照）といえば「蛙の句」、俳句といえば「蛙の句」と言われるほどに有名な一句。季語は「蛙」で春。うららかな春の昼、ときおり蛙が池に飛び込む音が聞こえて、また静かになる、の意。「古池に」ではなく「古池や」としたことで、池の様子をありありと思い浮かべることができる。

「や」は芭蕉の名句に数多く登場していることもあり、もっとも有名な切字《きれじ》のひとつです。ただ、普段使う言葉ではないために「使い方がわからない」とか「なんだか古くさい」といったイメージを持っている人も多いようです。

「や」という切字は、たった一文字を加えるだけで、「や」の直前の部分が感動の中心として強調されます。さらに、句全体にリズムや格調が生まれます。

古くさいなどと言わずに、まずは「や」を見事に使った芭蕉の名

●「や」を使った句に挑戦

句のマネから始めて、「や」を俳句に取り入れてみましょう。

1 中七・下五を決める

「や」は上五と相性がいいため、目に見えている日常の風景のなかから、まずそれ以外の七・五のフレーズを考える。

今見えるのは……壁一面の酒のビン!!

2 季語の有無を確かめて上五を決める

１で考えた中七・下五に季語が入っているかどうかを調べる。あれば季語以外、なければ季語から、中七・下五との関連を考え、上五をつけ、最後に「や」をつけてみる。

そうそう そして上五に 季語をつけてみる
「春雨や」「残雪や」なんていかがでしょう
春雨や壁一面の「酒のビン」今のボクの心境だなぁ〜

※「春雨」「残雪」…ともに春の季語

自分なりの解釈で俳句を楽しもう

芭蕉の「古池や」の句にはさまざまな解釈がある。芭蕉は池を見ていたのか、蛙が飛び込む音だけを聞いたのか、そもそも、芭蕉の想像の池だったのか。

切字にはさまざまな言いたいことを省略して、あとは読者の想像にまかせるという働きがあるため、人々は「古池」の正体に想いをめぐらすことができる。一般的な解釈にとらわれずに、自分なりの解釈で俳句を楽しむのもおもしろい。

「〜かな」が一句の感動をまとめる

●下五の「かな」は句をまろやかに包む

雪とけて村一《いっ》ぱいの子どもかな　小林一茶

☆「かな」は下五で使う
下五を「名詞＋かな」にすると句にまろやかな味わいが生まれる

☆上五・中七はすっきりと
「かな」が強く響くので、上五・中七はさらりと読み下せるのがよい

◎句の解説

季語は「雪どけ」で春。雪どけは、もとは雪国で使われる季語で、冬に深く積もった雪が解け始めることを言う。そのような雪どけの季節、子どもたちが一斉に外に遊びに出る様子を詠んでいる。

春を心待ちにしていた子どもたちの歓声が聞こえてくるようだ。

「かな」はよく使われる切字《きれじ》です。歳時記を開いてみると、「かな」で終わっている句がたくさんあります。日常会話では使わないので、意味がわからない人も多いかもしれません。

簡単に言うと、「かな」は感動を表します。たとえば、「九日ぶりの晴れ間だなあ」というときの「だなあ」と同じだと考えてよいでしょう。前の言葉を俳句風に言うと「九日ぶりの晴れ間かな」となるわけですね。「だなあ」と同じ意味なので、「かな」は語尾に

●「かな」を使った句に挑戦

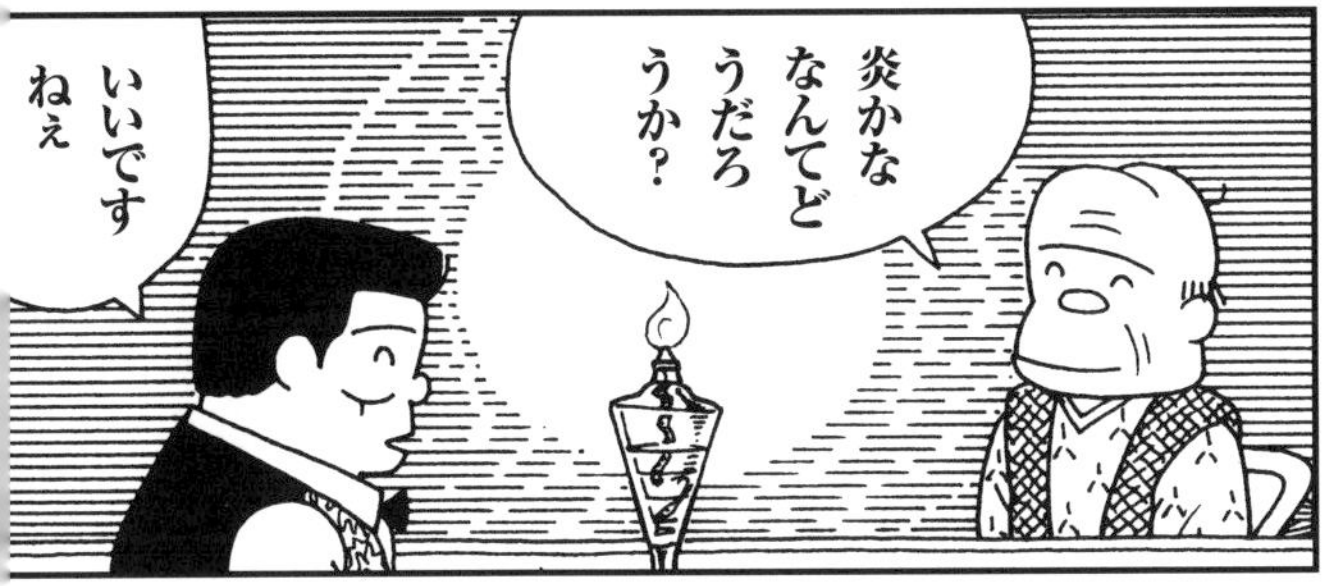

炎かななんてどうだろうか？
いいですねぇ

1 下五の名詞を決める

「かな」はいろいろな言葉につくが、もっとも相性がいいのが名詞。「かな」の直前に置く名詞を、見えているもののなかから選ぼう。

季語を入れるのをお忘れなく
うーん…「秋の夜《よ》を照らす一点の炎かな」

2 下五から連想して上五・中七を考える

対象をよく見て、イメージをふくらませ、さらに上五・中七を考えよう。感じたことをそのままに表現するとうまくいく。

つくのが一般的です。

このように、「晴れ間」という名詞に「かな」をつけることによって感動の中心がはっきりします。それでいて他の切字よりもまろやかな印象に仕上がります。

豊富な「かな」の句を参考にしよう

句集を見ると「かな」で終わっている句が多いことがわかる。「かな」の直前の言葉は「子ども」など名詞で終わっているものが一番多いが、小林一茶（100ページ参照）の句のなかには「むまさうな雪がふうはりふはりかな」というように副詞につくものもある。感動を表す意味で広く使われる切字「かな」、さまざまな句集を読んで、センスを磨きたい。

「動詞＋けり」が句を引き締める

●「けり」は動詞につき、強く響く

いくたびも雪の深さを尋ねけり　　正岡子規

☆響きの弱い動詞
「けり」は非常に強い切字。前に来る動詞には、強く響かない控えめな語感のものを選んだほうがよい

×→質《ただ》しけり
○→尋ねけり

☆「けり」は下五で使う
「けり」は断定の切字。意味を断ち切り、強く響くので句の最後に持ってくる

◎句の解説

季語は「雪」で冬。何度も家族に雪の深さを聞いたことを詠んでいる。正岡子規（一三二ページ参照）は病気で寝ているときに、この句を作った。外は雪が積もっているようなのに、起き上がることができず、雪を見ることもできない。そのため、何度も家族に「どれだけ積もったか」と尋ねることしかできなかったのである。

「けり」は断定する切字《きれじ》です。

たとえば、「道に迷ひけり」と言った場合、「間違いなく道に迷ったのだ」というくらい強い意味を持ちます。そのため、「けり」の直前の動作が事実としてきっぱりと示され、句全体を引き締める効果があります。動作を強調するのが「けり」ですから、必ず動きを表す言葉につきます。

「けり」は、句で描いたことを強い調子で言い切るつもりで使うのがよいでしょう。また、強調したい動作を下五に持ってきて、「け

●「けり」を使った句に挑戦

1 句の中心となる上五・中七を決める

「けり」の句の中心は上五と中七。まず上五・中七に盛り込みたい題材を探す。上五と中七で2つの題材を取り合わせると作りやすい。

2 動詞を決めて、五七五にまとめる

難しい動詞を使う必要はない。ただ、「けり」は強い言い切りなので、言い切りの内容としてふさわしいかを確認するのを忘れずに。

り」でまとめると、動作に作者の気持ちが集中していることがわかり、効果的です。

きっぱりとしたイメージを与える「けり」。ここぞというときに使ってみましょう。

「かな」でまろやかに、「けり」で厳しく

「かな」も「けり」もよく使われる切字だが、使い方に違いがある。「かな」は感動の中心を示す効果があり、句全体にまろやかな印象を与える。まろやかなぶん、余韻がある。

一方、「けり」は動作をはっきりと示し、句を引き締める効果がある。強い言い切りなので、句全体に厳しい印象を与える。

切字の使い方④

切字はひとつだけ、強調したいところで使う

ひとつの作品に使う切字《きれじ》の数は、基本的にひとつです。切字は直前の言葉を強調し、句の中心にすえる働きがあるからです。ふたつも使うと、句の感動の中心がどこにあるのかわからない作品になる場合があります。

切字のなかで有名なものは、「や」「かな」「けり」の三つですが、これらをひとつの句に複数使うことは、避けます。

感動の中心を強める切字は、ここぞというときにひとつ、有効に使うようにしましょう。

●切字は一句にひとつ

× 川沿いや空を仰げば花火かな

切字がふたつあり、強調したいところがわからない

ポイントをひとつにしぼり、そこに切字を使う

○ 川面揺れ空を仰げば花火かな

切字を使わない

花火の余韻だけにしぼって伝える

●「かな」と「けり」を使って句を作る

アロハ着ておれより若い案山子《かかし》かな

高橋寛

◎句の解説

季語は「案山子」で秋。実りの秋、鳥が稲などを食べてしまうのを防ぐために、田に立てられる人形が「案山子」。そこここの田に、さまざまな形の案山子が立てられる。

そんななか、アロハシャツを着たひときわ目立つ案山子が。農家の息子の着古したものなのか。おもしろく思っている作者の姿が浮かぶ。

木の実踏み石段の数忘れけり

土屋昌子

◎句の解説

季語は「木の実」で秋。秋になると、シイの実やカシの実など、木から落ちた実があちこちに転がる。実を踏んだと思った瞬間に、それまで数えていた石段の数を忘れてしまった。

「忘れけり」から、残念に思う気持ちと、ちょっとした失敗を楽しむ気持ちが伝わってくる。

「をり」「なり」「たり」で違いを表現する

●「をり」「なり」「たり」の使い方

「をり」「なり」「たり」……「けり」の応用形

動詞＋をり→～いる

動詞＋なり→～である（自然に）

動詞＋たり→～だ（強く）

「をり」は「おり」＝「いる」
のことじゃよ

切字《きれじ》には、さまざまなものがあります。「けり」がわかったら、「をり」「なり」「たり」の使い方もマスターして、句の幅を広げてみましょう。

この三つの切字の使い分け方を、「進む」という言葉を例にとって考えてみます。

「進みをり」は「進んでいる」という意味です。「進むなり」は「進むのである」という意味、「進みたり」は「進むのだ！」という強い意味です。使い分けると、より気持ちが伝わる句になります。

●「たり」「なり」を使って句を作る

仔猫の目此の世の不思議見ていたり

～のだ

坂野暁月

◎句の解説

季語は「仔猫」で春。仔猫のくりっとした目はときおり、じっと何かを見つめているように見える。

目に映るもののなかに理解できないものがあるからなのか。それを作者は「此の世の不思議」と自分なりの言い方で表した。不思議をありのままに見ている仔猫の姿が深く印象に残る。

目出度《めでた》さもちう《ちゅう》位《くらい》なりおらが春

～だなあ

小林一茶

◎句の解説

季語は「おらが春」で新年。「おらが春」は、私の正月という意味。めでたさも中ぐらいであると、正月に対する自分の気持ちを詠んでいる。苦労を重ねた一茶（一〇〇ページ参照）は、故郷に戻ったあと、五十歳を過ぎてから結婚し、子どもをもうけた。家族と迎えた新年の穏やかさが感じられる句である。

使い分けに迷ったら全部当てはめて試してみよう
何事も試行錯誤が大事だよ！

切字の使い方⑥

「〜にけり」がすっきりまとめる

●「にけり」は対比・描写のあとにつける

①二つの物事の対比＋
②ひとつの物事の描写＋

ありにけり
をりにけり
なりにけり

たとえばパターン①で……

しら梅に明くる夜ばかりとなりにけり

（ばかり→おおよその程度を表す）

与《よ》謝《さ》蕪《ぶ》村《そん》

◎句の解説

季語は「しら梅」で春。夜明けが近くなり、白梅の花が宵闇に浮かび上がっている様子を詠んでいる。この句は蕪村（七〇ページ参照）の辞世の句なので、夜明けと自分の死を重ね合わせているとも考えられる。白梅の咲く春は待ち遠しいものであることから、蕪村が死に対して前向きであったと想像される。

俳句はあまり欲ばらず、単純なものにしたほうがうまく作れます。言いすぎないことで、読み手がいろいろと想像し、その句をより深く味わうことができるからです。

単純な句を作るときに字数をかせげて便利なのが、「ありにけり」（ある）、「をりにけり」（おる）、「なりにけり」（なる）などの、それ自体にはあまり意味のない言葉です。

「ありにけり」「をりにけり」「なりにけり」は五音で、下五にそのまま使います。残りの十二音に収

●二つのパターンで句を作る

①対比の句

サングラスいろんな鼻のありにけり　**大塚俊雄**

◎句の解説

季語は「サングラス」で夏。サングラスはレンズに黒や濃い茶色などの色がついている。そのため、サングラスをかけると目元が見えなくなり、表情もとらえづらくなる。代わりに鼻がよく見える。サングラスをかけていなかったときには気にならなかった鼻の形が、ひとつずつ違って見えるようになるのだ。

②描写の句

凩《こがらし》の一日吹いて居りにけり　**岩田涼菟《りょうと》**

◎句の解説

季語は「凩」で冬。凩は木枯らしとも書く。寒くて強い凩が一日中強く吹いている様子を詠んでおり、非常にシンプルだが、読後、風の音が耳に残るような句である。岩田涼菟（一六五九〜一七一七）は芭蕉の晩年に弟子入りし、芭蕉の優れた弟子である榎本其角《きかく》や各務支考《かがみしこう》らと親しんだ。

まることを単純に言い切れば、わかりやすく、すっきりとした句ができます。

十七音でも短いと思ったけれど
たった十七音でもたくさんのことが言えるのね

切れ目の作り方が句作の幅を広げる

●切れる場所はいろいろ

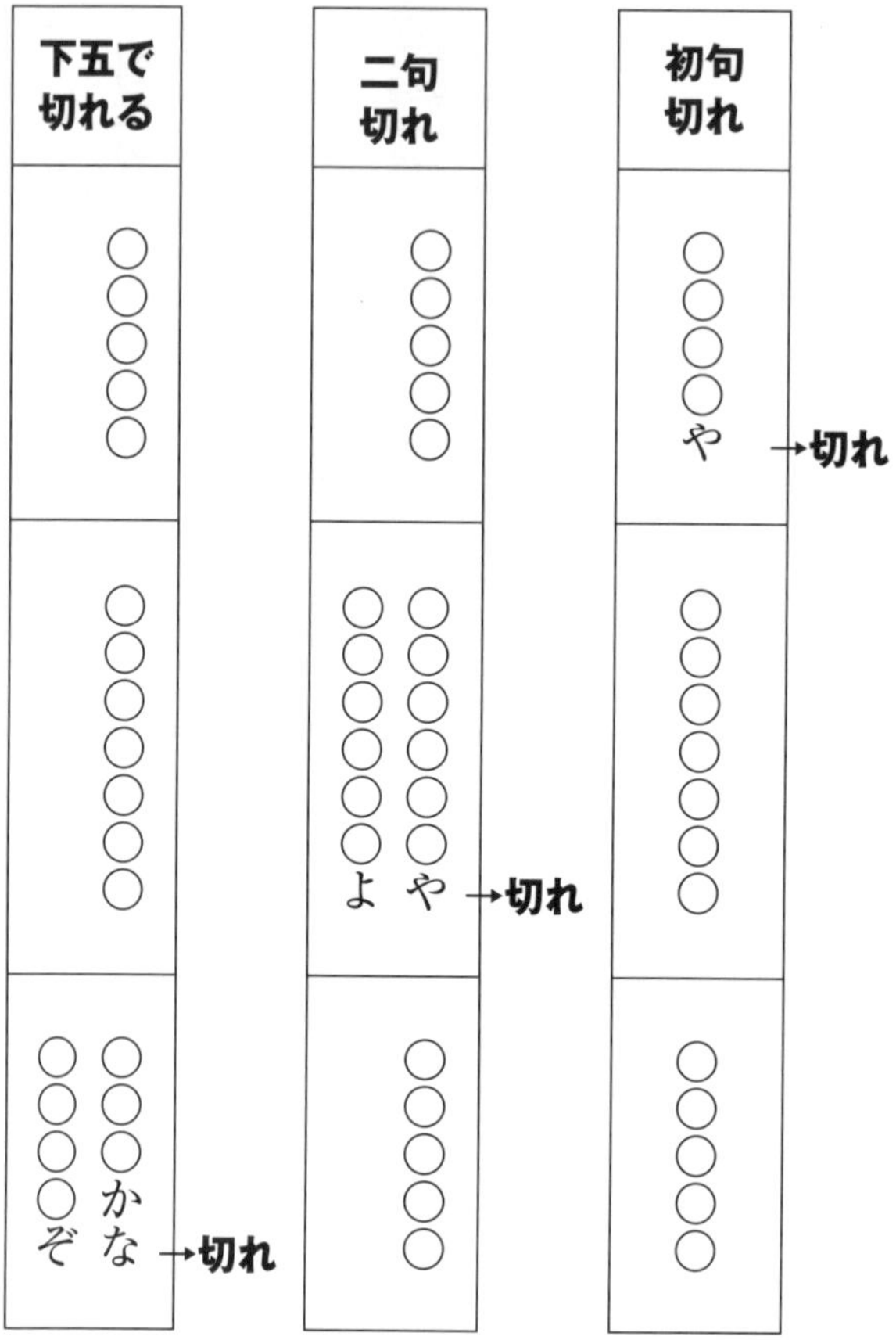
初句切れ
○○○○や
→切れ
○○○○○○○
○○○○○
二句切れ
○○○○○
○○○○○○や
○○○○○○よ
→切れ
○○○○○
下五で切れる
○○○○○
○○○○○○○
○○○かな
○○○○ぞ
→切れ

句の切れ目の作り方には、名詞を使うなどの方法がありますが、一般的なのは切字《きれじ》を使う方法です。

切字のなかでも代表的なものは前述した「や」「かな」「けり」などです。他には「ぞ」「か」「よ」など、たくさんありますが、最初から全部を覚えなくてもかまいません。

実は、切字を使っても、ここで句を切ろうという意識がなければ、切れ目とはならないのです。芭蕉は「いろは四十八字はどれも切字になるが、切字として使うぞとい

●自然に使える一文字の切字

台風よ学校全部持っていけ

近森睦美

共感するなぁ
昔は、僕も
台風が来ると
そう思った
43年度卒 六年つくし組
←同窓会々場

◎句の解説

季語は「台風」で秋。台風のときに吹き荒れる強い風は、建物にも容赦なく襲いかかる。また、台風の進路にあたる地域では、学校が休みになる場合もある。

この句では、そのような休みを期待しているように感じられるが、「学校全部持っていけ」という言葉には、台風の破壊的な強さが表現されている。

休みにならないかな

う気がなければ句の切れ目を作るものにはならない」とも論じています。切字を使うときは、形式だけに頼るのではなく、「ここで切って間を作りたい」という気持ちを大切にしましょう。

「よ」は普段から使う言葉だから難しくないでしょう？

●哀愁をかもし出す「ぞ」

秋深き隣は何をする人ぞ　　松尾芭蕉

◎句の解説

「秋深き」とあるように、季節は秋。秋も深まり、冬が近くなってきた頃を言う。人の声も物音もあまりしない、寂しい季節。隣は何をする人だろうか……。

ここでの切字「ぞ」は疑問を表している。静寂のなかに「何をする人ぞ」と問いかける芭蕉（三六ページ参照）。深まる秋と哀愁のある切字が絶妙。

●強さを感じさせる「ぞ」

あれもしたいこれもしたいぞ大冬木《おおふゆぎ》　　矢根大輔

◎句の解説

「大冬木」とあるように、季節は冬。冬、多くの木は葉を落として幹や枝があらわになる。大木など、幹が思っていたより太いことに気づく場合もあるだろう。そのような冬の木に、「あれもしたいこれもしたい」と、やりたいことを語りかける。「ぞ」とあることで、目標を誓うような強い決意が感じられる。

「ぞ」は昔っぽいと思っていたけど
元気な雰囲気も出せるんだ

●独特の間を生むその他の切字

牡丹散て打かさなりぬ二三片

与謝蕪村

◎句の解説

季語は「牡丹」で夏。牡丹の花は大ぶりで、豪華な美しさがある。散るときは、大きい花びらが少しずつ落ちていく。その花びらが散って、二、三枚重なった状態を詠んだ。「打かさなりぬ」とあることで、すでに散った花びらが重なって地面に落ちている、はかなくも美しい状態が目に浮かぶ。

しをるるは何か杏子《あんず》の花の色

松永貞徳

◎句の解説

季語は「杏子の花」で春。杏子の花がしおれている。それは何か「案ず」ることがあるからなのか、という意味の句。また、「花の色」は人の顔色という意味にも読める。松永貞徳（一五七一～一六五三）は和歌や連歌の造詣も深い、江戸時代の知識人。俳句のもととなる俳諧の普及に努めた。

花の季語・春夏秋冬

花の季語はたくさんある。たとえば、春。春は多くの花が咲く季節で、「梅」や「桃の花」のほか、「菫《すみれ》」や「蒲公英《たんぽぽ》」も季語になっている。また、季語の世界ではただ「花」というと「桜」を表す。

夏もさまざまな花がある。梅雨の頃は「紫陽花」が咲き、梅雨が明ければ「向日葵《ひまわり》」も咲く。秋には「菊」や「コスモス」をよく見かける。冬の花もある。「山茶花《さざんか》」や「柊《ひいらぎ》の花」などだ。

まずは外へ出て、好きな花を見つけて詠んでみよう。

単刀直入な名詞止めが印象を強くする

●シンプルな言い切りが効果的

ひとつの名前・事柄を、強く印象づけたい
名詞だけでポンと言い切ることで、読み手に強いインパクトを与えられる。

あとに続く動作が省略できる
省略しても意味が通じる「見た」「感じた」などの言葉は省略。余分なものをそぎ落とす。

下五を名詞で締めくくる

放課後の校舎裏よりつばくらめ（が飛んできた）

つばめのこと

切字は一句にひとつ
上五や中七で
切字を使ったなら
下五は名詞で
言い切るといいわよ

名詞止めとは、「花」や「鳥」といった「もの」を表す言葉、つまり名詞で句を締めくくることです。たとえば、「窓の外に桃の花が見えた」と言いたいときに「窓をのぞけば桃の花」と書くのも名詞止めです。「桃の花」のあとに「見えた」という言葉が省略されていることがわかるでしょう。このように、名詞止めによって、省略する部分を作ることができます。
また、あえて名詞で句を終えることで「もの」に対する印象が強くなります。

●名詞止めですがすがしさを感じさせる

十三才パパをおやじと呼んで夏

新沼信幸

お前も十三才で
おやじって言う
ようになったたな

◎句の解説

十三才といえば、中学生活を満喫している頃。思春期のまっただなかで、精神的にめざましい成長をとげる時期だ。その夏、これまで「パパ」と呼んでいた父親を「おやじ」と呼ぶようになった。父親に甘えていた時代から、自立を望む時代へ。

「呼んで夏」という言い切りがすがすがしく、少年の成長が感じられる。

夏っていう
名詞止めが
宣言している
感じでいいね

印象深いモノで止め
ればいいのか
これは簡単そうだ
すぐにでも
使えるな！

助詞を使って切れ目を減らす

●助詞を使えば切れ目が消える

× 氷菓子／響く声援／競技場

切れ　切れ　切れ

三段切れ

句のポイントがわからないので競技場をポイントにする

○ 氷菓子大声援の競技場

「の」でつながった

三段切れとは、上五、中七、下五の間でそれぞれ句切れがあるなど、句が三つ以上の部分に分かれているものをいいます。ひとつの句のなかに「あれとこれとそれ」といった、たくさんのものを詠もうとすると、焦点のぼやけた句になってしまいます。

句が三つ以上に分かれると、句の中心がどこにあるのかわからなくなるため、句の中心をどこにするか、しっかりと決めて、助詞を使って切れ目を減らします。伝わりやすい句に変わるはずです。

「ああして
こうして……」と
詠もうとすると
三段切れに
なりやすい
大事なのは何か
考えて
句を整理すること

三段切れにも名句はある

目には青葉山ほととぎす初鰹
山口素堂

三段切れは避けるべきだが、なかには名句もある。山口素堂《そどう》(1642〜1716) の句がそうだ。

この句は「目には青葉」「山ほととぎす」「初鰹」と３つに分かれている。しかし、「山ほととぎす」の前には「耳には」という言葉が、「初鰹」の前には「口には」が省略され、全身で初夏を味わおうとする気持ちが感じられる。

素堂は甲斐《かい》(現在の山梨県) 出身で、江戸に出て学んだ。芭蕉とも交流のあった人物である。当時の江戸では初鰹を食べるのを好んだため、その影響を受けているようだ。

COLUMN

蕪村は画家でもあった

天は二物を与えず、と言われるが、二物を与えられたのが与謝蕪村（1716〜1783）である。

幼い頃から絵が得意であった蕪村は、南宗《なんしゅう》画《が》という中国の絵の描き手として認められ、のちに江戸時代を代表する画家と言われるようになる。絵の才能を発揮した蕪村は、銀閣寺のふすま絵も描いた。

当時、蕪村と並んで有名であった画家、池大《いけのたい》雅《が》とも交流があった。蕪村は自分の句、「春の海終日《ひねもす》のたりのたりかな」を、大雅の海辺の絵に書き添えたと言われている。この池大雅と蕪村が合作した絵が国宝「十《じゅう》便十《べんじゅう》宜《ぎ》画《が》冊《さつ》」である。

蕪村の特徴は、南宗画にとらわれず、さまざまな作風の絵を描けたことだろう。この才能を生かし、たくさんの絵を描いて収入を得、そのかたわら、句作にはげんでいた。

このようななかで、「奥の細道図巻」が描かれる。これは、芭蕉の『おくのほそ道』に俳画をつけたもの。句と絵の融合は、まさしく蕪村にふさわしい作品であったろう。蕪村はそれ以外にもさまざまな俳画を描いている。こういった活動のなかで、俳画というジャンルが完成されていくのである。

与えられた才能を存分に生かした蕪村は、絵と句の両方で、後世に名を残しているのである。

★刺激的な人生が創作の源になった

画家として、俳句の師匠として活躍した蕪村は、芝居見物やお茶屋遊びにも興じ、刺激のある生活をおくっていたという。

第3章

季語と省略でかぎられた十七音を生かす

季語を知り、くり返しを避ける

●季語には深い意味がある

俳句は十七音しか使えない
季語の持つ深い意味を知り、意味の重複は避けよう

季語（季節）	季語に含まれるイメージ
御降《おさが》り（新年）	天からの贈り物である雨や雪への感謝
啓蟄（春）	虫が穴から出てくる躍動感
夏立つ（夏）	夏の訪れを感じ、わくわくする気持ち
秋深し（秋）	わびしさが漂い、物思いにふける様子
冬晴（冬）	天気に恵まれ、すがすがしい気持ち

それぞれの季語には、共通のイメージがあります。「木枯らし」というと、木の葉を散らす様子を思い浮かべたり、冬の初めの寒さを感じるはずです。

はっきりとしたイメージを持つ言葉を使うときは、「寒空の木の葉を散らす木枯らしかな」というように、季語の持っているイメージをわざわざ説明するような句にするのは避けたいものです。

季語の持つ共通のイメージを知り、言葉が重複しないように、一語一語を有効に使うようにします。

空や月、星など
スケールの大きな
題材だけで句を
作ると
意味の重複が
起きやすい
スケールの
大きな俺には
辛い話だ……

●意味の重なりを避け、身近な事柄を詠むことで情景が浮かぶ句を作る

春の月宙にぼやっとかすみをり

春は空気中の水分が多いため、月はかすんで見える。やわらかい、やさしいイメージを持つ季語である。

意味の重なり

意味の重なりを解消するため身近な事柄を詠み込む

春月やケータイ片手の帰り道

新しい言葉も積極的に使いたい

季節のイメージを生かして、意外性のある句にする

●新年・春夏秋冬のイメージを確認する

新年→めでたい、神聖、荘厳、感謝、始まり

春→暖かい、華やか、穏やか、ウキウキワクワク、芽生え

夏→熱い、激しい、派手、ドキドキ、成長

秋→（初秋）実り、さわやか（晩秋）哀愁、寂しい

冬→寒い、厳しい、我慢、静寂、春を待つ

春夏秋冬や新年といった季節には、季語同様すぐに思い浮かべられるイメージがあります。

たとえば、春は「うきうきした」気分や「芽生え」、夏は「活動的」、秋は「実り」や「寂しさ」、冬は「寒さ」、新年は「めでたさ」などを感じることができます。

しかし、そのイメージだけを使っては、平凡な句になってしまいます。季節のイメージとはひと味違ったものを加えるなどして、意外性のある句作に挑戦してみましょう（七七ページ参照）。

●それぞれの季節の句を作る　新年〜春

新年

初みくじ凶でも吉でも私の人生　　伊藤史子

◎句の解説

季語は「初みくじ」で新年。年の初めに神社などに詣で、引いたおみくじのこと。そのおみくじが「凶」であっても「吉」であっても、自分の人生として引き受けるという決意が感じられる。新年にはめでたいイメージがあるが、堂堂と「凶」という言葉を組み合わせたことで新年への気持ちを際立たせている。

春

ポロポロと歯がぬけていくぼくの春　　小林直人

◎句の解説

季節は春である。木々が芽吹く春、少年の乳歯が次から次へとぬけることを詠んだ句。乳歯がぬけることで、新しい歯が生えてくるのである。

春が持つ、芽吹きのイメージと、歯の生え替わりを組み合わせたことに意外性があり、句におもしろみを与えている。

●それぞれの季節の句を作る　夏〜冬

夏

方程式解けて風鈴鳴り出した

大滝裕司

◎句の解説

季語は「風鈴」で夏。夏休みに家で勉強をしているとき、方程式が解けると同時に風が吹いて風鈴が鳴り始めたことを詠んだ。

夏には、「暑い」「激しい」などのイメージがあるが、「方程式解けて」という、冷静さや落ち着きを感じさせる言葉を組み合わせたことに意外性がある。

秋

行く秋の鐘つき料を取りに来る

正岡子規

◎句の解説

季語は「行く秋」で秋。秋の終わりごろ、季節が去ろうとするときのことを言う。終わろうとする秋に対する寂しさが込められている。鐘つき料とは、寺が時刻を知らせるために鐘を鳴らしたりすることへのお布施のこと。寂しさの募る時期と、お布施を取りにきたという行為の取り合わせにユーモアがある。

ひとり寂しい
正月かあ……
これも意外性か

冬

失恋し鍋のハクサイ気分かな

伊藤聡

◎句の解説

季語は「ハクサイ」で冬。鍋料理を食べ、鍋のなかにある白菜の様子と失恋した気持ちを重ね合わせた句。寒く厳しいイメージのある冬の温かい鍋。そこに、暗く沈んだイメージのある失恋を組み合わせている。

温かい鍋のなかで白く透き通る白菜は、その頼りないイメージが失恋で沈んだ気持ちと合っている。

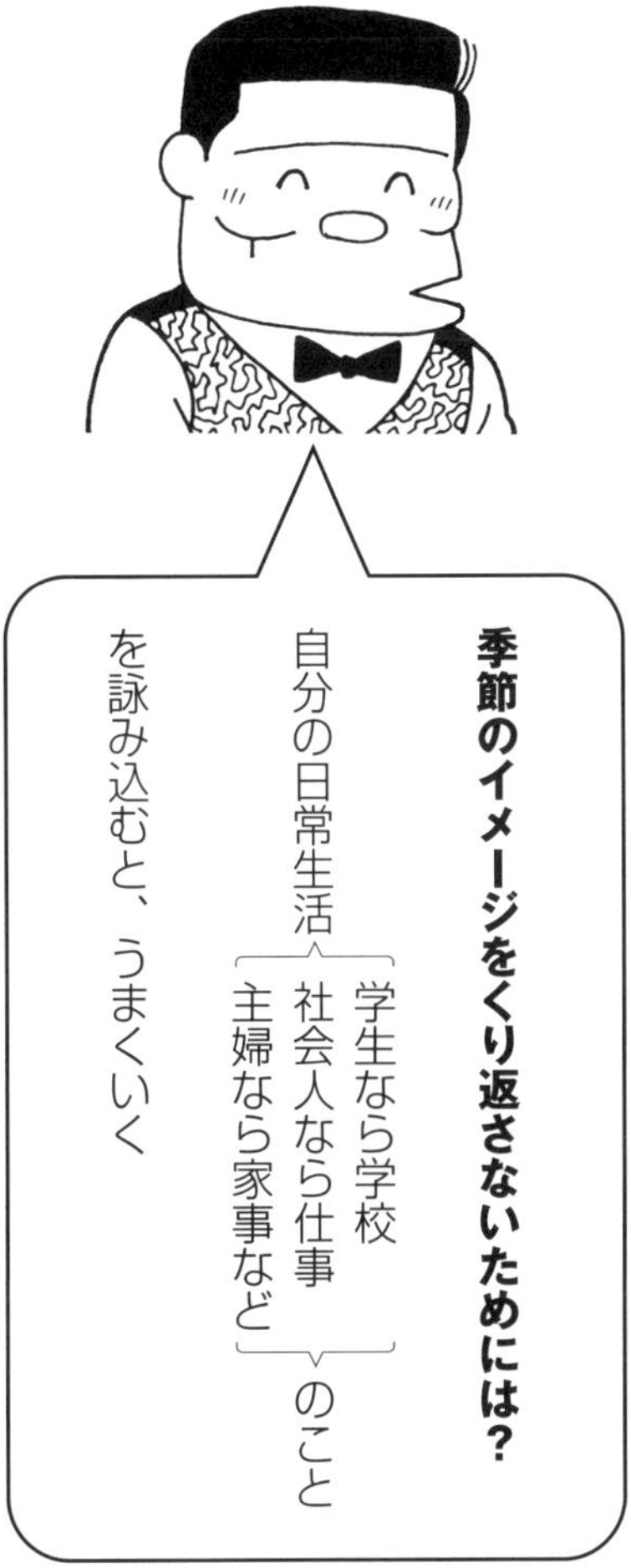
季節のイメージをくり返さないためには？
自分の日常生活〔学生なら学校／社会人なら仕事／主婦なら家事など〕のこと
を詠み込むと、うまくいく

意外性のある季語を使う

季語や季節には共通のイメージがある。それをおさえたうえで意外性を詠むのがおもしろいのだが、なかには、季語自体に意外性があるものがある。

その代表とも言えるものが「返り花」という冬の季語だ。冬になってからも、春かと思うくらい暖かくなる日がある。そのような日に、本当は花の咲く季節ではないのに開花するのが「返り花」だ。桜や梨などに見られる。

寒い冬と花の組み合わせに意外性がある。冬の句を作るとき、このような意外性のある季語を使ってみるのもおもしろいだろう。

天候の季語を使って、表情豊かな句を作る

●天候の選び方次第で句が生きる

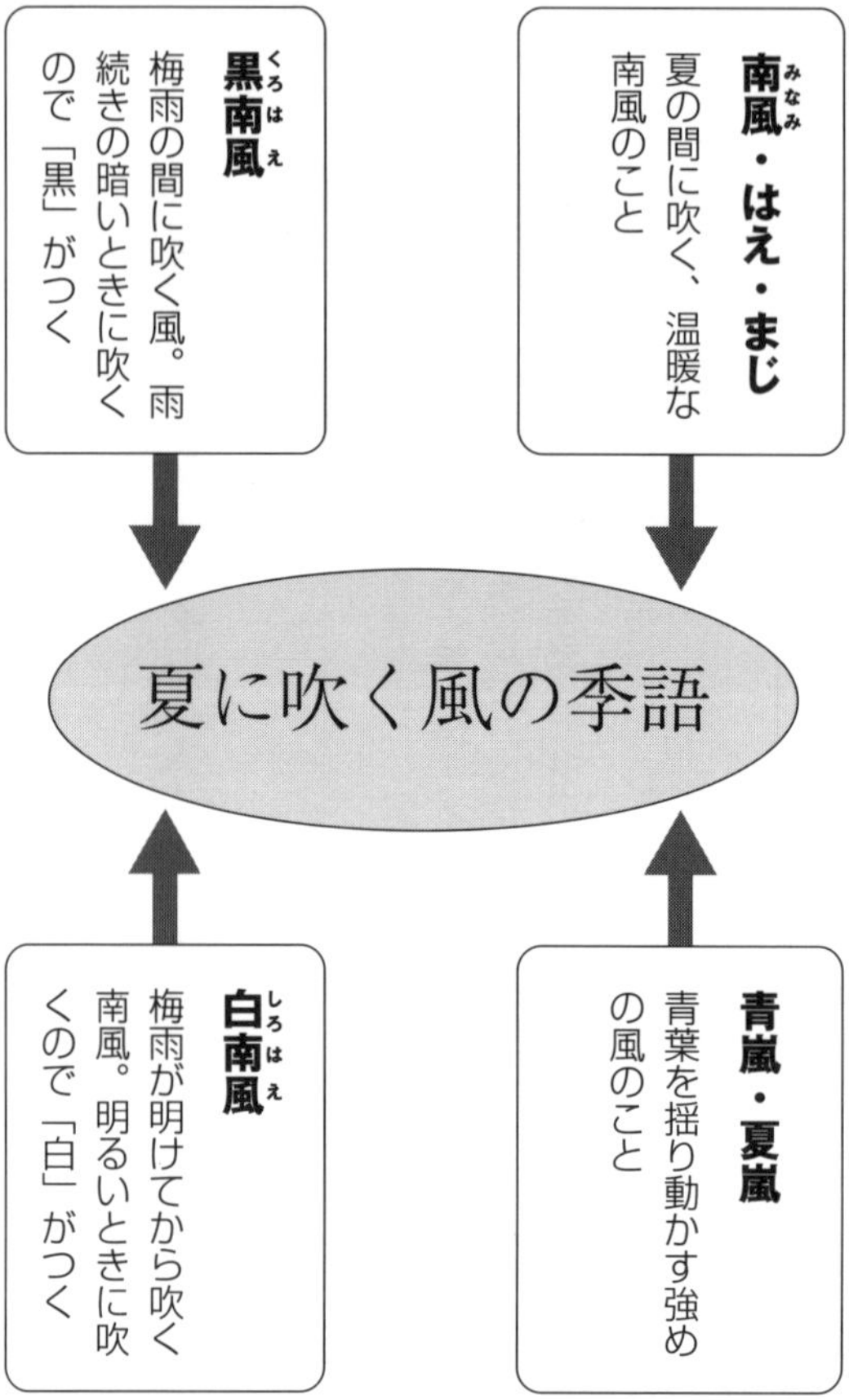
南風《みなみ》・はえ・まじ
夏の間に吹く、温暖な南風のこと
黒南風《くろはえ》
梅雨の間に吹く風。雨続きの暗いときに吹くので「黒」がつく
夏に吹く風の季語
青嵐・夏嵐
青葉を揺り動かす強めの風のこと
白南風《しろはえ》
梅雨が明けてから吹く南風。明るいときに吹くので「白」がつく

歳時記を見ると、四季それぞれに、天候に関係のある季語がたくさんあることに気づきます。

たとえば、春の晴れを表した「うららか」という季語。穏やかな春の雰囲気を出すことができます。夏の晴れた日は「炎天」と言い、激しい暑さが文字からも感じられます。

秋晴れの日は、空が高いと感じる人も多いでしょう。昔から「秋高し」と表現します。また、冬の晴天は春のように感じられるので、「小春日和《こはるびより》」と言います。

●風の季語は風速が伝わるように使う

夏嵐机上の白紙飛び尽す

正岡子規

◎句の解説

季語は「夏嵐」で夏。夏に吹く強い風が、机の上に置いてあった白い紙を全部飛ばしてしまったことを、そのまま表現した。「夏嵐」という言葉から、強い風の様子が感じられる。また、「飛び尽す」という言葉から、紙が一枚残らず飛ばされたことがわかり、風の勢いを印象づけている。

自転車をみがく庭には春一番

松橋依里

◎句の解説

季語は「春一番」で春。立春を過ぎてから最初に吹く強い南風のこと。庭で自転車を磨いているときに、春一番が吹いたことを詠んだ。外が少しずつ暖かくなってきたので、庭で自転車を磨いているのであろう。そういったのどかなイメージと、「春一番」という風の心地よさが組み合わされている。

このような季節による天候は、日頃から敏感に雨や風を感じとることで実感できるようになります。テレビや新聞の天気予報のコーナーでも、天候の名前を教えてくれることがあります。日頃から天候を表す言葉にアンテナをはっておくようにしましょう。

●雲の季語は遠近を強調して使う

蟻《あり》の道雲の峰よりつづきけん

小林一茶

◎句の解説

季語は「蟻」「雲の峰」で夏。雲の峰とは空に高く伸び上がる雲のこと。入道雲とも言う。蟻は、まるで道があるかのように一列になって歩くことがある。その様子を見て、空に伸び上がる雲の峰から続いているのだろうか、と。一茶（一〇〇ページ参照）の蟻を見るやさしいまなざしが感じられる句である。

サイドミラー入道雲をつかまえた

小竹勉

◎句の解説

季語は「入道雲」で夏。空に伸び上がっている入道雲が、車のサイドミラーに映った様子を詠んだ句。サイドミラーは車の左右に取りつけられた小さな鏡のことだが、本来は空いっぱいに広がっているはずの入道雲を、そのような小さなものでとらえることに意外性が感じられる。

雲とすぐ近くのものを組み合わせるとうまくいくよ
遠近の対比ってやつ？

●豊富な雨の季語を使い分ける

五月雨《さみだれ》の降り残してや光堂

松尾芭蕉

◎句の解説

季語は「五月雨」で夏。五月雨とは梅雨のこと。長く降り続く雨のなかで、そこだけ雨が降らなかったかのように、光堂が輝いているという句。芭蕉（三六ページ参照）は、現在の岩手県平泉で作った。光堂は平泉の中尊寺にある。五月雨ですら降り残すとあることで、光堂の輝きがより強く感じられる。

同じ季節でも降り方や微妙な時期の差で雨の季語を使い分けるのが俳句通

春	夏	秋	冬
春雨《はるさめ》	梅雨《つゆ》	秋雨《あきさめ》	寒の雨
春に降るしっとりした雨。春には「菜種梅雨」「春時雨《しぐれ》」などの季語もある。	夏に長く続くじめじめした雨または雨期のこと。「空梅雨」「走り梅雨」なども。	冷たく、もの悲しさのある秋の雨。秋には「秋時雨」「秋湿り」などの季語も。	寒さがいっそう厳しくなった頃に降る雨のこと。冬には「時雨」などの季語も。

季節の行事を詠み込み、生活に根ざした句を作る

●一年の始まりに句を作る

初詣は、「初参り」「初社《はつやしろ》」
「正月詣」とも言います

狛犬の足元に猫初参り

藤川智浩

◎句の解説

季語は「初参り」で新年。新年になってから初めて神社などに詣でること。「狛犬」は神社にある一対の像で、獅子舞の獅子頭に似た顔をしていることが多い。その像の足元に猫が来て初参りをしているようだという句。

日常よく見る猫と、神社を守っている狛犬の組み合わせが印象的。

日本には四季を通じてたくさんの行事があります。「元旦」や「端午の節句」、「彼岸」など、日本古来の宗教儀式、農耕儀式にもとづくものから、「運動会」「卒業式」といった学校行事まで、これらの言葉は人々に共通の季節感やイメージを抱かせることができます。また、京都の「祇園祭」や東大寺の「お水取り」などの地域の行事も俳句に生かすことができます。実際に、参加して句を作ると、その土地ならではの実感のこもった句になります。

歳時記を見ると、行事の起源や

●春のいろいろな行事を詠む

バレンタインお父さんには試作品

三安智子

◎句の解説

季語は「バレンタイン」で春。バレンタインデーに、手作りのチョコレートをプレゼントする人も多いだろう。本命に贈るチョコレートの試作品を父親に贈っておく、という行動をそのまま詠んだ。「まずくても許してくれるだろう」という気安さ・親近感と、おかしさの両方が感じられる。

草の戸も住み替わる代ぞ雛《ひな》の家

松尾芭蕉

◎句の解説

季語は「雛」で春。「草の戸」は芭蕉の住んでいた草庵。芭蕉（三六ページ参照）は旅に出る前に草庵を人に譲った。相手には娘がいたので、「雛の家」としたのである。草庵の主が、旅に生きていた芭蕉から家族を持つ人になり、雛祭りには娘のためにお雛様を飾るような家になる。その変化を芭蕉は詠んだ。

内容についての詳しい情報が見つかります。歳時記で知識を深めつつ、季節の変わり目や人生の節目で実際に体験する行事を詠み、生活に根ざした句を作ってみましょう。

バレンタインデーの
二月十四日は
暦の上では
もう春なのね

●夏〜冬の行事を詠む

プール開き太ももで水を切りひらく　三木菜穂子

◎句の解説

「プール」は夏の季語である。学校では「プール開き」という行事があり、その年の水泳の授業が始まる。「プール開き」と聞いて、これからが夏本番、と感じる人も多いだろう。暑い季節に冷たいプールに入るのは気持ちがいい。

プールの時間を楽しみに思う気持ちが、ダイナミックな表現になっている。

運動会転ぶ姿も絶賛し　佐藤洋一

◎句の解説

季語は「運動会」で秋。運動会では、参加者は走ったり、跳んだり、球を投げたりする。句に詠まれているのは、走っているときのことであろうか。競技の最中、選手が転んだが、それすらもほめているというのである。

選手は親しい人なのだろう。選手に対する作者の愛情が伝わる句である。

新しい行事も詠んでみよう

記念日や行事は年々増えているようだ。たとえば、バレンタインデーに贈り物をする習慣ができたのは、戦後になってからだ。ゴールデンウィークの長い休みも、戦後の法改正でできたもの。エイプリルフール、ハロウィン、クリスマスなど、海外から伝わった行事で一般的になっているものも多い。

新しい記念日、行事は歳時記に載っていない場合もあるが、日本に根づき、季節を感じられるものは、季語のように使うことができる。すでに生活の一部となった、新しい記念日や行事に対する実感が伝わる句を詠むのもおもしろいだろう。

弟に星座教わる冬休み

石川千琴

冬の大三角
見えた？

◎句の解説

季語は「冬休み」で冬。冬休みの間に、弟から星座のことを教わる、ゆったりとした時間。弟と作者は冬の星空を見上げているのであろうか。また、弟は学校で星座について習う学年なのかもしれない。

弟が星座のことを教える姿に、冬休みという休暇からくる余裕や、普段は表に出さないやさしさを感じる。

ボクの学校の運動会は春なんだけど
それなら、春の句として作って構わないよ 大切なのは、キミが季節を感じることだよ

地名が持つ歴史や文化が深みのある句を作る

●俳句に詠まれる地名

都市
東京、新宿、京都、
札幌など
河川
最上川、北上川、
賀茂川など
寺
法隆寺、東大寺、
浅草寺など
その他
東京タワー、
爆心地など

地名には、多くの人がその土地の歴史や文化の匂いを感じとれるものがあります。読み手に強いイメージを与え、季語のような役割を果たすことができます。

地名を使う際には、「絵はがき」のような句にならないように注意しましょう。たとえば、富士山と初日の出や、京都と舞妓などを組み合わせると、ありきたりの句になってしまいます。このような使い方を避けて、地名の持つ歴史や文化を生かしつつ、新鮮さのある句作を心がけましょう。

● 地名を生かした句を作る

一人旅新宿ぐらい行きたいよ　岡田和樹

◎句の解説

無季の句。ひとりで新宿に行ってみたいという作者の願望が詠まれている。ひとりで出かけることや、新宿に対するあこがれが表現されている。「新宿ぐらい」という言葉から、東京に行くなら新宿ぐらい見たい、という期待と、新宿ぐらいならひとりで行けるだろうか、という不安の混じった気持ちが感じられる。

雪掻くも降ろすも定め蝦《え》夷《ぞ》に老い　西原照夫

◎句の解説

季語は「雪掻き」、または「雪降ろし」でいずれも冬。「蝦夷」とは、北海道のこと。

雪がたくさん降る北海道に暮らすということは、雪掻きや雪降ろしをしなければならないということであり、毎年それらをくり返すうちに老いていったという作者の感慨が感じられる句である。

芭蕉って地名が入った句が多いですね
そりゃあ全国を旅してたからね参考にしてみるといい

感情はモノを通して描写する

●感情は象徴的なモノに託す

こんな状況を詠む場合―

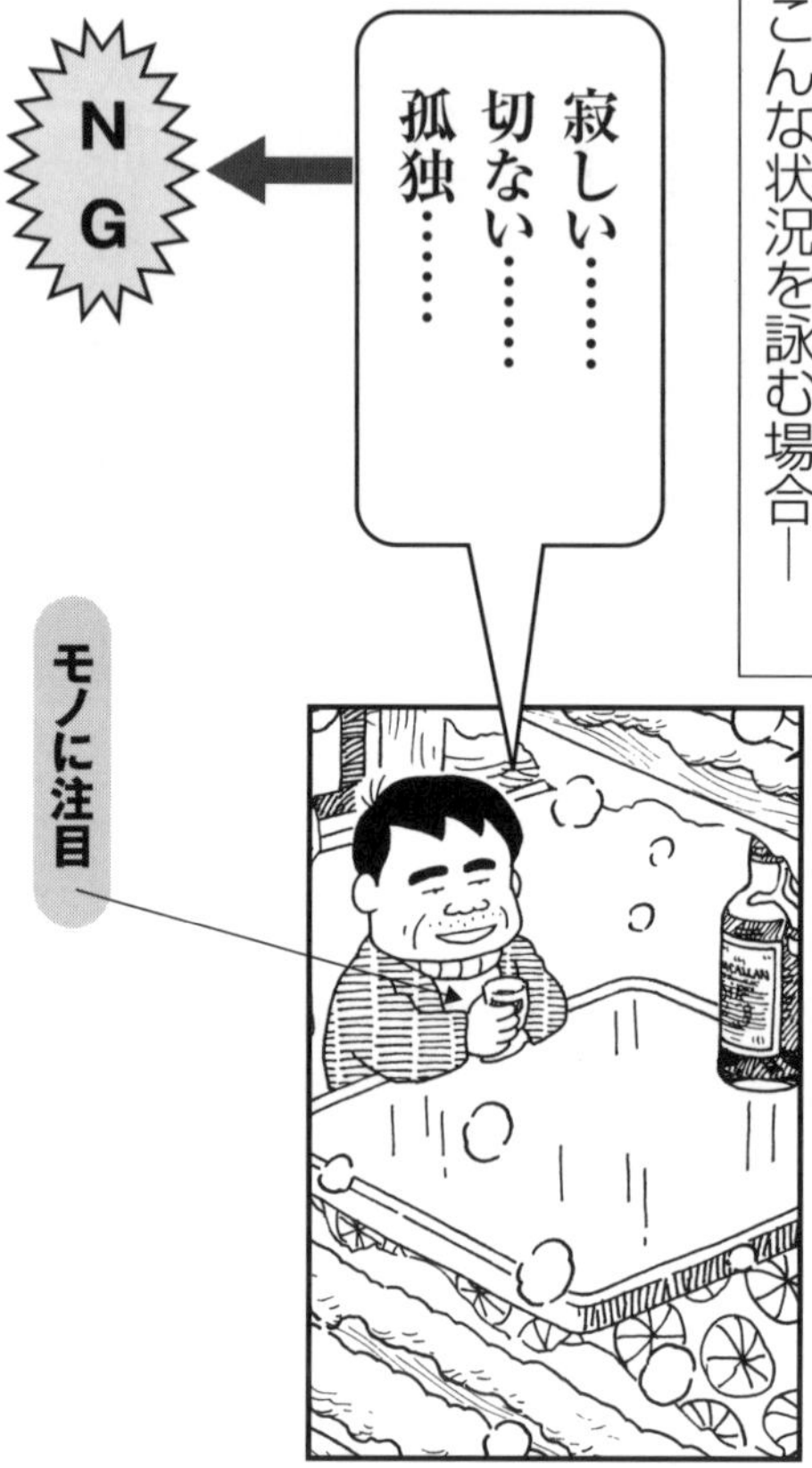
寂しい……
切ない……
孤独……
NG
モノに注目

クリスマスたった一つのグラスかな

俳句では感情を直接述べないようにするのがコツです。「うれしい」「寂しい」などの直截《ちょくせつ》的な言葉を使うと、句に深みがなくなります。その代わりに、「うれしさ」「寂しさ」を感じさせるモノを描写するようにします。

モノに託すことで、読み手は作者の抱いている気持ちをいろいろ想像できます。読み手に想像させる余地を残すことで、句に深みも出ます。モノの描写を生かし、豊かな味わいのある句に挑戦してみてください。

●植物・動物に気持ちを託した句を作る

クローバーに足なげだして仲なおり　上村美翔

学校のそばの土手に白つめ草咲いてたね
けんかするとあそこにいっていつのまにか仲直りしたね
懐かしいわぁ
今や仲直りの場所は
バーのカウンターよ
カンパーイ

◎句の解説

季語は「クローバー」で春。クローバーは白つめ草のことで、白い花が咲く。クローバーが生い茂った上に、けんかをしていた友だちと一緒に足を投げ出して座り、仲なおりをしたことを詠んだ。

春の野原のさわやかさが感じられ、仲なおりをした作者の気持ちを想像させる句である。

モノを通すか……
なかなか高度な手法じゃないの
モノの選び方が腕の見せどころだな
性格が出るね

結果から原因や過程が見えてくる

伝えたいと思うあまり、「こうだから」「ああして」「こうした」と、原因、過程、結果を一通り詠みこもうとしがちです。しかし、原因から結果まで全部書いてしまうと、報告文のような、冗長な句になってしまいます。

そんなときには、思い切って原因と過程を省いてみましょう。すっきりと結果だけを詠むと、ポイントが伝わりやすく、なおかつ原因や過程を読み手が想像する余裕が生まれます。つまり、余情のある句になるのです。

●原因・過程を述べると報告文になってしまう

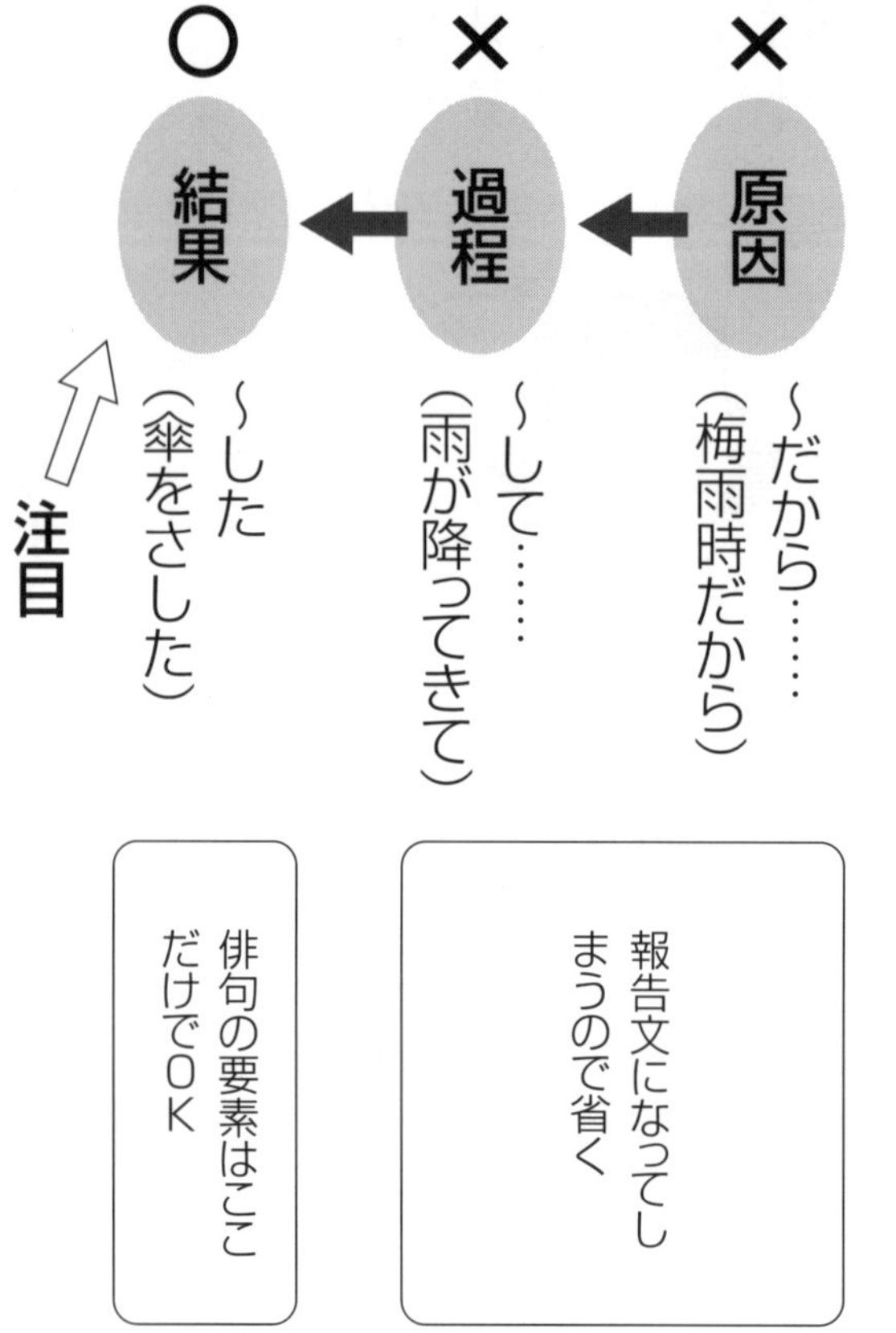
×
原因
~だから……
(梅雨時だから)
×
過程
~して……
(雨が降ってきて)
○
結果
~した
(傘をさした)
注目
報告文になってしまうので省く
俳句の要素はここだけでOK

●結果を述べて周辺を思わせる

永き日や欠伸《あくび》うつして別れゆく　夏目漱石

◎句の解説

季語は「永き日」で春。春になり昼が長く感じられる日のこと。そんな日に漱石（一八六七〜一九一六）を訪ねてきた友人が、帰り際に欠伸をし、それがうつったように自分も欠伸をしたという句。

「欠伸うつして別れゆく」と結果だけ述べているが、親しい友人であることや、長く語らったことが想像できる。

ただいまと言う子の頭にカマキリが　西川詩乃

◎句の解説

季語は「カマキリ」で秋。「ただいま」と言って外から帰ってきた子どもの頭にカマキリがのっていたという句。

家に帰ってきた瞬間だけを描いた句であるが、それまで子どもが自然のなかでかけ回っていたであろうことや、外はもうすっかり秋であることなどが想像できる句である。

初心者は説明的になりすぎるので注意ね！
欲ばらないで
思い切って省略することも必要です

意味の重なりを解消し、十七音を有効に使う

●こんな句は蛇足

タンポポの甘く香れる匂いかな

↓

タンポポの甘く香れる通学路

タンポポの香りがした場所を描き出すことで、句から伝わるイメージが立体的になった

「香れる」といえば
匂いだとわかるので
匂いは不要ですよ

蛇足というのは、余分なこと、述べなくてもいいことを述べることです。たとえば、「上を見上げた」という表現は「上」が余分。「見上げる」のだから「上」を見ていることは誰にでもわかるでしょう。また、「山に多くの登山客」というのも蛇足です。「登山客」がいるのですから、山であることは簡単に想像できるからです。

このような蛇足は、十七音しかない俳句では避けたいものです。余分なものを削って、言葉を有効に使うようにします。

●他にも起こりやすい失敗

漢字が重なっている
↓
山の山桜
頭痛で痛い
傷心の傷

容易に想像できる
↓
海の防波堤
山道を登る
川にかかる橋

平凡で実感がない
↓
すいすい泳ぐ
流れゆく川
過ぎゆく日々

蛇足を生かした句もある

雪山に雪の降り居る夕《ゆうべ》かな
前田普羅

蛇足は避けるべきだが、前田普羅（1884〜1954）の次の句では蛇足を生かしている。

「雪山」なのだから、雪が降り、積もっていることは明らかだ。さらに、「雪」と言えば「降り居る」のは言わなくてもわかる。しかし、わざわざ「雪の降り居る」と言うことで、「雪山」の雪がより深く感じられる。

前田普羅は新聞社に勤め、富山に赴任した。その後も長い間、富山に住み続けた。厳しい冬の間に多くの山を見ることで実感のこもった「雪山」の句ができたのであろう。

連想可能な言葉を省き、想像力に託す

●無駄な言葉を吟味する

春雨や傘が行き交う大通り

傘が開いて行き交っているなら、雨が降っているのは当たり前のこと

もっとぴったりな季語があるはず

春兆す傘が行き交う大通り

雨とは関係のない季語に変更。春めいてきたうれしさと、色とりどりの傘にうきうきしている気分が想像できる。句の世界が広がった

俳句では、連想可能な言葉は省くようにします。

長い文章を書いたり読んだりするときには、あまり気にならないかもしれませんが、俳句は短いため無駄なものはできるだけ省きます。そのほうが表現に広がりを持たせることができるのです。

省いた部分は、季語を替えたり、別のモノを取り合わせたりなど、表現を練り直します。積極的に言葉を吟味して、読み手の想像力をかきたてるような句を作るよう工夫することが大切です。

「コート着て マフラー するのは 寒いから」
コートや マフラーと、寒さ をひとつの句に 入れたらダメっ てことだね

そうそう
コートだけで 寒いことは わかるからね

☆「寒いからコートを着る」は俳句では説明しすぎ

文章ではよく使われる表現でも、俳句では十分連想可能であるとされる。ムダをそぎ落としていって残った十七音を句にする。

ムダをとことん削った自由律俳句

咳をしても一人

尾崎放哉

ムダな言葉を徹底的に削った自由律俳句に、尾崎放哉《ほうさい》（1885～1926）の作品がある。

九音しかない短い句であるが、読み終わったあとに深い孤独を感じさせる作品である。

尾崎放哉は喉頭結核《けっかく》で亡くなった。ここで詠まれた「咳」も、その病気によるものだ。激しく咳をしていても、ひとりで暮らしている放哉には背中をさすってくれる人もいない。その孤独が、徹底的に言葉を省いた句のなかから伝わってくる。ちなみに、この句のように十七音よりも音数が少ないものを短律俳句という。

不要な語は省略する

●「私」「僕」などの言葉は不要

俳句は一人称の文芸
つまり……はっきりとした主語を
示さないかぎり、主語は私になる

私が○○した
僕は○○だ

↓

「私が」「僕は」は
言わなくてもわかる

↓

主語を省略し、
すっきりと

俳句には基本的に使わない言葉があります。たとえば、「私」などの一人称、風景を詠む際の「見る」や、音を詠む際の「聞く」がそうです。これらは、詠まれたものを見ればわかるからです。

思いを詠むときの「心」、生命力を詠むときの「生」「いのち」なども、同じ理由で省略可能です。吟味すれば「てにをは」も省けるかもしれません。

省略できる理由を理解し、句のなかに盛り込む言葉をふるいにかけて使うようにします。

本当に
不要な
語はない？
何度も
チェック
してみてよ
えっ

●省略できる言葉を探す

あり、おり（をり）

「花」といえば、そこに花が咲いているとわかる。「あり」「をり」などの言葉は、あってもよいが、省略が可能。

心、思い

俳句では、モノを通して自分の心のうちや、思いを表現する。直接「心」と書かなくても、心情を表現すればわかる。

いのち

自然や人物を詠むわけだから、当然、そこにはいのちが宿っている。「いのち」という言葉も、必然性がなければ省略可能。

姿、形

俳句は自然や建物、人物の姿を見て、その様子を詠むもの。姿や形という言葉のクッションを使わず、直接具体的な表現を。

ひとつにしぼれば句がたくさんできる

●登場する人やモノをしぼる

父母去りて一人たたずむ夕桜

人　人　人　モノ

一番言いたいのは両親のこと？　自分？
桜？　人やモノが多くて散漫になっている。

父去りて暮れ残りたる夕桜

夕桜にクローズアップ

ひとつの俳句につき、ポイントをひとつだけにすることを心がけます。句がすっきりとして伝わりやすくなります。

しかし、雄大な風景を前にして、詠みたいことがたくさん見つかり、ポイントがひとつにしぼれないこともあるでしょう。そのような場合は、ひとつの句にひとつの題材だけを詠むようにして、削った題材で、別の句を作ってみるようにします。

伝わりやすい句になるだけではなく、ひとつの風景でたくさんの

郵 便 は が き

1 5 1 0 0 5 1

お手数ですが、
切手を
おはりください。

東京都渋谷区千駄ヶ谷 4-9-7

(株) 幻 冬 舎

書籍編集部宛

ご住所 〒

都・道
府・県

フリガナ
お名前

メール

インターネットでも回答を受け付けております
https://www.gentosha.co.jp/e/

裏面のご感想を広告等、書籍の PR に使わせていただく場合がございます。

幻冬舎より、著者に関する新しいお知らせ・小社および関連会社、広告主からのご案内を送付することがあります。不要の場合は右の欄にレ印をご記入ください。

不要 □

本書をお買い上げいただき、誠にありがとうございました。
質問にお答えいただけたら幸いです。

◎ご購入いただいた本のタイトルをご記入ください。

『　　　　　　　　　　　　　　　　　　　　　　　　　　　　　』

★著者へのメッセージ、または本書のご感想をお書きください。

●本書をお求めになった動機は？

①著者が好きだから　②タイトルにひかれて　③テーマにひかれて
④カバーにひかれて　⑤帯のコピーにひかれて　⑥新聞で見て
⑦インターネットで知って　⑧売れてるから／話題だから
⑨役に立ちそうだから

生年月日	西暦　　年　　月　　日（　　歳）男・女		
ご職業	①学生	②教員・研究職	③公務員
	④農林漁業	⑤専門・技術職	⑥自由業
	⑦自営業	⑧会社役員	⑨会社員
	⑩専業主夫・主婦	⑪パート・アルバイト	⑫無職
	⑬その他（　　　　　　　　）		

ご記入いただきました個人情報については、許可なく他の目的で使用することはありません。ご協力ありがとうございました。

句が詠めることになります。

この方法は、なかなか句ができないと悩んでいる人には特に有効です。ぜひ試してみてください。

●動作をしぼる

酒を飲み友と語らい春惜しむ

動詞（飲み）
動詞（語らい）
動詞（惜しむ）

動詞が多いと、説明的になる。動作がしぼられず、ポイントがぼやける。

惜春や友の隣で酒を飲む

春を惜しむ心のこと。季語を言い換えて動詞を減らす（惜春）

ひとつの動作にクローズアップ（飲む）

削った言葉で別の句を作れば一石二鳥だ！

COLUMN

一茶の句は逆境から生まれた

小林一茶（1763～1827）の人生は、不幸の連続だった。信州（今の長野県）に生まれた一茶は、3歳のときに母親を亡くした。父親は再婚するが、新しい母と一茶は折り合いが悪く、15歳で江戸に出て働くようになる。江戸で句を学び、師匠の跡を継ぐが、句作りでは生活ができず、ここでも苦労を強いられた。

こういった境遇が、句にも影響しているのだろう。たとえば有名な「蝿」の句。一茶の句には、弱いものの味方をするものが目立つのである。

故郷を離れて20年以上経った頃、一茶の父が亡くなった。不幸はこれだけにとどまらず、一茶は母や弟と財産争いをくり広げることになる。争いが終わり、ようやく故郷に帰ったときには、父が亡くなってから10年以上が過ぎ、一茶も50歳を過ぎていた。

故郷で一茶は結婚し、子どももできた。「蝉なくや」の句は、長女さとの風車を詠んだものである。

しかし、故郷での幸せは長く続かなかった。子どもや妻が、次々に事故や病気で亡くなったのだ。晩年には、火事で家まで失ってしまう。

だが、一茶はそんな境遇でも句を作り続けた。

「やけ土」の句は、家が焼けたときのもの。焼けあとの土に騒ぐ蚤までも慈しむような句に、弱いものの目線を持つ一茶のすごみが感じられる。

やれ打つな蝿が手を摺《す》り足をする

蝉なくやつくづく赤い風車

やけ土のほかりほかりや蚤《のみ》さわぐ

第4章

写生と表現技法で自分らしさをプラスする

題材をよく見て写しとる

見て感じたありのままを俳句にする

●写生を重んじた子規の句をチェック

五月雨《さみだれ》や上野の山も見飽きたり

正岡子規

★具体的に表現
見ているものをできるだけ具体的に表現することで、情景がありありと浮かぶ句になる

★正直な気持ちを表現
格好をつけず、感じたままをストレートに言葉にすることで、自分らしさが出る

◎句の解説

季語は「五月雨」で夏。毎日雨が降る梅雨の時期、家から見えるのは上野の山ばかり。その山も見あきてしまったなあ、という素直な気持ちを詠んだ。この頃、子規（一三二ページ参照）は病気で寝ていた。横になったまま、外に見える雨と上野の山ばかりを見ていたのだろう。

俳句の作り方に「写生」という方法があります。これは、題材を見て感じたことを表現する方法です。スケッチなどのときに使う「写生」とは雰囲気が若干異なり、題材の内側に込められた本質までも描くことを意味しています。

写生をするときには、題材となるモノのイメージにとらわれず、素直な心でよく見ることが大切です。とはいえ、常識や知識から作られたイメージを離れてモノを見ることや、見て感じたことを言葉で表現することは、なかなか難し

●思いこみを捨ててモノと向き合う

沈丁花が
咲いてるなあ……

★沈丁花＝甘い香りがすぐに思い浮かぶ

沈丁花風が香りを運びくる

★沈丁花＝香りでは、当たり前すぎてつまらない。
対象をよく見てみる

沈丁花青き葉花を支えをり

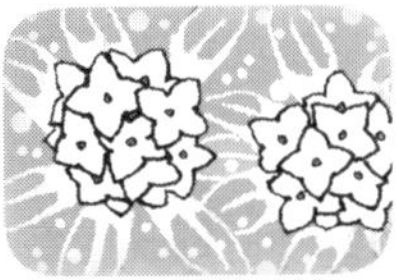

いものです。
モノの本質を写す句を作れるようになるためには、何度も挑戦してみることから始める必要があります。

子規が唱えた写生の手法

俳句に写生という方法を取り入れたのは、正岡子規である。

写生というと、多くの人が絵画のスケッチを思い浮かべるだろう。見たものをありのままに、客観的に描く方法である。

子規が写生を俳句に取り入れたのは、それまでの俳句がしゃれを中心としており、文学というには表現方法が未熟なものが多かったからである。写生を取り入れた子規はさまざまな句を作り、実感や本質をズバリと言い表す俳句の新境地を開いていった。

他の人が気づかない発見が名句になる

●素直な心で周囲を観察する

たとえば

発見のためのポイント
①日頃から物事をよく見る
②子どものような素直な感覚を忘れない

糸とんぼというより風に近かりし　　鶴谷英俊

◎句の解説

季語は「糸とんぼ」で夏。糸とんぼは体が細い。糸とんぼが風に吹かれて飛ぶ姿をよく見ていると、生き物であるとんぼというよりも、風と言い表したほうが近いと感じたのである。風の様子を示すように飛ぶ糸とんぼの姿と、それを観察する自分の感覚をしっかりと見つめてできあがった句。

何か句を詠もうと思っても、なかなかすぐに思いつかないものです。そういうときには、モノをよく見て、「○○に似ているなあ」などと、気づいたことをそのままテーマにしてみます。

小さな発見でもこまめにメモをとることをおすすめします。発見というのは、その瞬間は印象的です。でも、あとになって忘れてしまうことが多いものです。すぐに俳句にできなくても、メモをとることで、気づいたことを残しておけば、次の句作に役立ちます。

●発見を詠み込む

鶯《うぐいす》や餅《もち》に糞する椽《えん》のさき　松尾芭蕉

◎句の解説

季語は「鶯」で春。「椽のさき」は、縁側の外に近いほう。そこに並べてあった餅に鶯が糞をしたという、一瞬の発見を詠んでいるが、餅を縁側に並べたことや、鶯が飛んできたことから、のどかな家であったことが感じられる。「鶯＝美しい鳴き声」というイメージにとらわれない、自由な発想で詠まれている。

りんごかむ口いっぱいに大音響　乾正一郎

◎句の解説

季語は「りんご」で秋。りんごを噛んだとき、口のなかでしゃりしゃりという音が広がる様子を「大音響」と表した。小さなりんごが出す意外に大きな音への驚きが感じられる。「口いっぱい」に広がったのは、音だけではなくりんごの味でもあるはず。

ここでは音に焦点を当て、独自の句に仕上がっている。

発見をするには普段から身の回りのことに
敏感でなければなりません
すぐに見つかるものじゃないわね
かんちん亭

具体的な表現がイメージを伝える

●抽象的な句より具体的な句を

✕ 子どもの日大人が一番はしゃいでる

抽象的な言葉では状況を伝えにくい

大人って誰？

○ 子どもの日父さん一番はしゃいでる

「大人が」を「父さん」に替えるだけで、こどもの日のほほえましい情景が見えてくる

自然や街中などの風景をうたった句はたくさんありますが、読み手の心中に景色がぱっと広がるような句は、素晴らしい句といえます。実際にその場に居合わせていない人にも、新鮮なイメージを伝えられるような句を目指すことが大切です。

イメージを伝えるのに効果的な方法のひとつが、具体的に対象を表現することです。たとえば花や動物がテーマの句なら、「四、五輪の花」「二匹の猫」などと、数を入れることでぐっと具体性が増

●具体的な数字を入れる

数字を入れることで、情景が浮かんでくる

鶏頭《けいとう》の十四五本もありぬべし

正岡子規

◎句の解説

季語は「鶏頭」で秋。鶏頭は、八～九月に真っ赤な花を咲かせる一年草で、その姿が鶏のとさかに似ていることが名前の由来といわれている。子規（一三二ページ参照）は、この花を特に好んだといわれる。「十四五本」と描き切ることで、見るものを圧倒するような、目にも鮮やかな赤色を浮かび上がらせている。

具体的な数字＋○泊△日という言い方がおもしろい

鍋の中二泊三日のおでんたち

小野寺智也

◎句の解説

季語は「おでん」で冬。最初に作られた日から三日目になっても食卓に現れるおでんを「二泊三日」と言ったことで、長い間おでんを食べ続けていることが伝わってくる。家族が食べ続けていても三日目まで残っていることから、最初に作られたおでんの量や、おでんにしみた味が想像できる句である。

します。職業、地名、人名なども、あいまいにせずに特定すると、句が生き生きとしてきます。

今の私を句で表すと「月見酒 一人で飲んでる男前」といったところかな
それは「ひとりよがり」な句ですね…

●仕事は具体的に示す

職業＝銀行員を出すことで読み手が共感しやすくなる

銀行員等朝より螢光す烏賊《いか》のごとく　金子兜太

◎句の解説

朝から慌しい都会の日常を切り取った句だが、「銀行員」にスポットを当てたことで、情景をくっきりと描き出している。朝から蛍光灯の下でせわしなく働く銀行員を「螢光する烏賊」に見たてることで、銀行員の生態を絶妙に言い表している。銀行員だった作者ならではの句。季語は「烏賊」で夏。

具体的な場所を示したほうが、読み手がイメージしやすい

春日《うららか》や市民課に置く老眼鏡　鮎川由美子

◎句の解説

季語は「春日」で春。近頃では、書類を書く必要がある窓口には、老眼鏡が置いてあることが多い。その場所を「市民課」と言ったことで、住民票などを出す課の、生活に密着した雰囲気が表現されている。

「春日」という言葉からも、田舎の役所のゆったりした様子が感じられる。

★困ったときは仕事を詠む

毎日携わっている仕事のことは、誰でも具体的に言い表せるもの。テーマに悩んだら、仕事を詠んでみよう。生き生きした句ができるはずだ。

●学校生活を具体的に詠む

神田駅までは校庭卒業す

駅の雰囲気もいろいろ、具体的に示したほうが伝わる

浅野文男

大学に通う駅は
キャンパスの一部なんだね

◎句の解説

季語は「卒業」で春。学校から駅までの通学路は、卒業式にもなると別れを惜しむ学生たちでいっぱいになり、まるで学校の敷地のように感じられる。学校が近くにある地域によくある風景だが、「神田駅」と言い切ったことで、古くから活気ある街のイメージが、卒業式のにぎやかさを演出している。

神田でカンパーイ

ついつい身構えてしまうんです
普段の生活そのままを詠めばいいのよ

色が句のイメージを豊かにする

●日本古来の色を取り入れる

藍《あい》
染色によく使われる深い青色。インディゴ

小豆《あずき》
小豆のような、渋く落ち着いた紅色

杏《あんず》
熟れた杏の実のような、穏やかな暖色

鶯《うぐいす》
渋くくすんだ緑系の色で、鶯の羽の色に近い

江戸紫《えどむらさき》
青みがかった紫色。江戸時代に流行した

京紫《きょうむらさき》
赤みがかった紫色。日本古来の紫色

桜《さくら》
桜の花びらのような淡いピンク色

萌黄《もえぎ》
萌え出たばかりの草木に似た、さわやかな黄緑色

花の色や空の色、自然や生活のなかには、色がたくさんあります。雨にだって色を感じることがあるでしょう。日常にあふれている色をもっと取り入れて句を作ると、句のイメージが豊かになります。

それぞれの色が持っているイメージを意識してみましょう。白色の純粋さ、緑色の力強さなど、それぞれの色のイメージを考えて句に取り入れることにより、色の効果が高まります。

ただし、過剰に使うのは逆効果です。多くの色がひとつの句に詠

●色を取り入れた句を作る

しんしんと肺碧《あお》きまで海の旅

篠原鳳作

◎句の解説

無季の句。船旅をしていると、肺のなかまで海のように「碧」になってしまった、という意。肺が海の色に染まる様子を「しんしんと」という言葉で表現することで、すみからすみまで染まっていることがわかる。

篠原鳳作（一九〇五〜一九三六）は新興俳句の名手で、教師として沖縄の宮古島に赴任したことがある。

紅さいた口も忘るる清水かな

加賀千代女

◎句の解説

季語は「清水」で夏。清水とは清らかな湧き水。「紅さいた」とは、口紅をつけた、ということ。夏の日、清水を見つけて、口紅をつけていることを忘れ、飲んでしまったことを詠んでいる。夏に「紅」という色が鮮やかな句である。

加賀千代女（一七〇三〜一七七五）は江戸時代に活躍。大衆的な句で人々に親しまれた。

みこまれると、それぞれの色の印象が薄くなり、読み手にもわかりづらくなります。

なお、上に挙げた伝統的な色を表す言葉は、単純ではない奥深い雰囲気を表現することができます。

擬音を使わず、音を想像させる

●想像できる音を詠む

自転車の倒れる音に冬を聴く

擬音語を使わなくても音を想像できる

冬の北風や張りつめた雰囲気を端的に表現

飯島崇士

◎句の解説

季節は冬。停めてあった自転車が倒れた音に冬を感じたという句である。冬になると、強い北風が吹くことがある。そうなると、あちこちでガシャンというような音を立てて自転車が倒れる。それは誰でもわかる音であり、わざわざ擬音語を使わなかったことで、音や風の強さをより印象的にしている。

山などに行き耳を澄ますと、鳥や虫の音がたくさん聞こえます。また、普段の生活のなかでも、風や雨の音は身近な存在です。聞こえてくる音を積極的に句に取り入れてみましょう。

音を表現するからといって、「雷ごろごろ」のような安易な擬音語を使うと安っぽくなり、文字の無駄づかいにもなってしまいます。強い風の「ビュー」という音も、読み手はすでにわかっている音です。

擬音を使わず、「風の音」など

として、読み手が想像できる余裕を残しておくようにします。

●芭蕉の句から「音」を学ぶ

「蝉の声」の句はこうして作られた

山寺や石にしみつく蝉の声
←
淋しさの岩にしみ込《こむ》せみの声
←
さびしさや岩にしみ込《こむ》蝉のこゑ
←
閑《しず》かさや岩にしみ入る蝉の声

閑かさや岩にしみ入る蝉の声

蝉の声が際立つ

静寂が強調される

松尾芭蕉

◎句の解説

季語は「蝉」で夏。蝉の声が山に響く様子を詠んだ句であり、芭蕉（三六ページ参照）の句のなかでも特に有名。山全体に響き渡り、空気と解け合った蝉の声が、岩に「しみ入る」ように感じる。それに心の静寂を重ね合わせる芭蕉の姿が感じられる。

「蝉の声」は みなさん 想像できますね

なんで擬音語はダメなの？
自分で考えた擬音語ならいいよ 手あかのついた言い回しは句が平凡になるからダメなんだ

香りが句に広がりを持たせる

●香りは記憶をよびさます

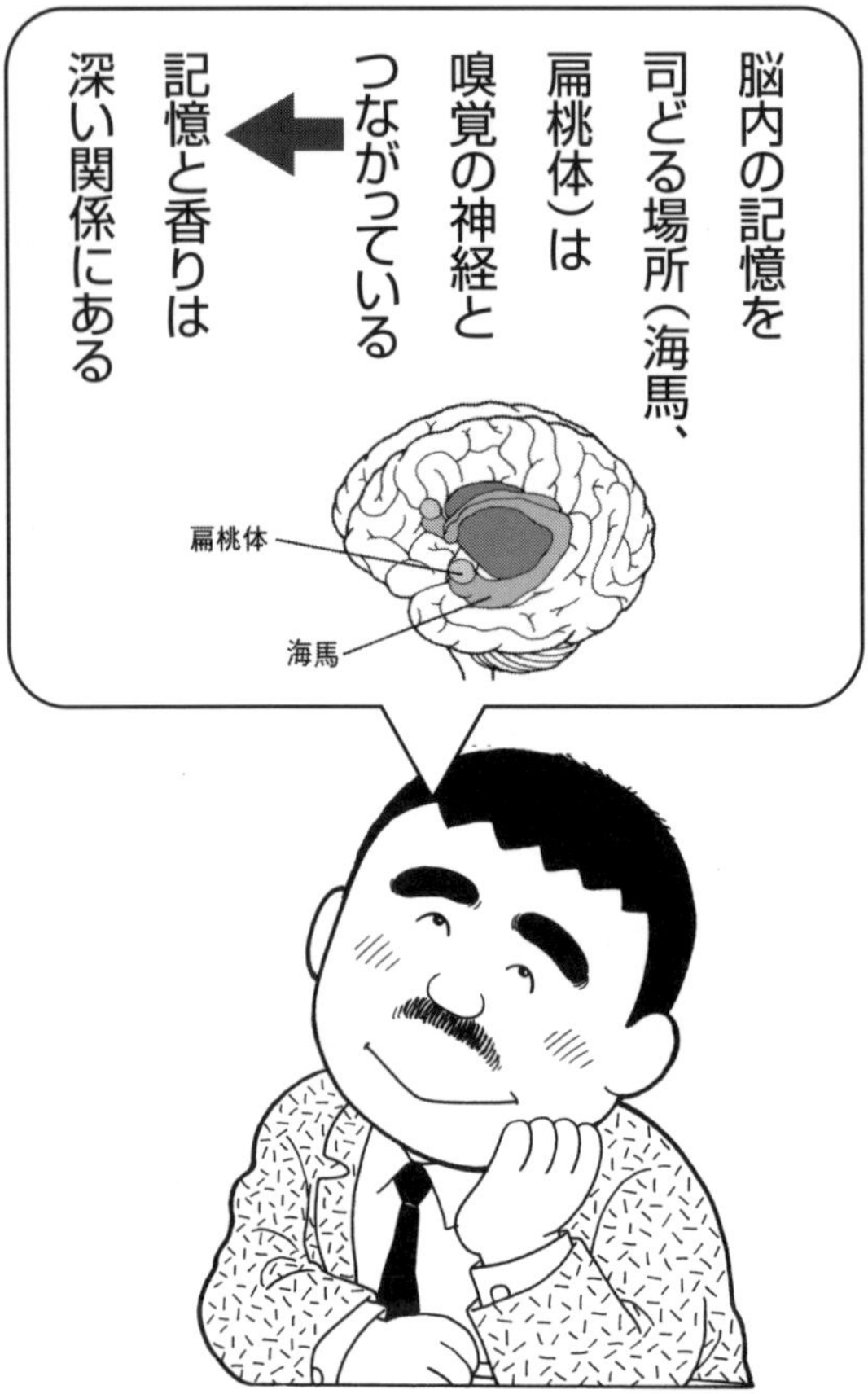
脳内の記憶を司どる場所（海馬、扁桃体）は嗅覚の神経とつながっている
記憶と香りは深い関係にある
扁桃体
海馬

香りは色や音以上に印象深いことがあるものです。みかんなどの果物の香り、花の香りなどは、言葉を聞くだけでイメージできます。

また、海の香り、山の緑の香りなど、自然の雄大な香りもあります。本来香りを感じられない風にも、風が香りを運ぶという意味の「薫風」という季語があり、香りの表現の奥深さが味わえます。

香りを詠むと、句に広がりが生まれ、読み手は以前その香りを嗅いだときのことを思い出すことができます。

●香りを取り入れた句を作る

学校の匂いがぼくを眠くする

矢野哲基

◎句の解説

入学式や始業式の頃は、緊張を強いられた学校も、慣れてくると次第に居心地のよい場所になる。制服の匂いも、黒板の匂いもすべてが心地よく感じられ、安心のあまりふと眠くなってしまうことがある。

そのような学校の雰囲気を「匂い」で表現した句である。

松ちゃん起きろ
ここはバーだぞ
ウイスキーにおいが僕を眠くする…
ムニャムニャ

香水は夏の季語なのよ知ってた？
香りで季節も表現できるのね

定型に収まらない思いを表現する

●句またがりは五七五以外で切れる

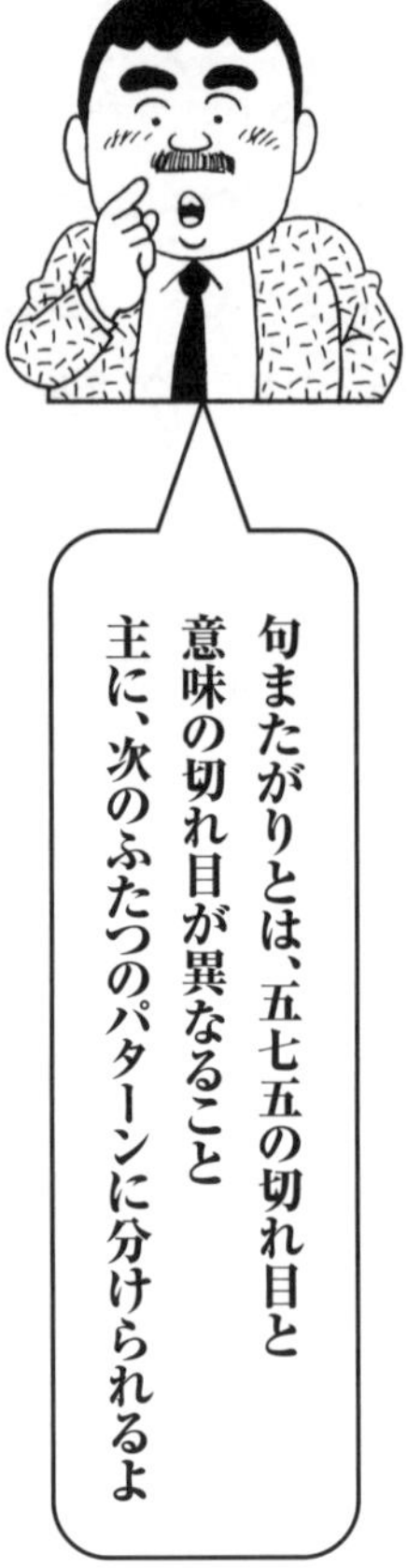
句またがりとは、五七五の切れ目と
意味の切れ目が異なること
主に、次のふたつのパターンに分けられるよ

①上五・中七や中七・下五が切れずにつながる

○○○○○○○○○○○○／○○○○○（12／5）

○○○○○／○○○○○○○○○○○○（5／12）

②中七の中に切れ目がある

○○○○○○○○／○○○○○○○○○（8／9）

句が定型に収まらないときは、破調《はちょう》にすることを考えてみます。破調とは、字余りや字足らず、句またがりなどのある、独特なリズムの句です。

句の意味が上五や中七などで切れない場合を、句またがりと言います。たとえば上五と中七に「くもり空の下に浮かぶ」という言葉を使うと、意味の上では「くもり空の下に」で切れます。しかし、五七五のリズムでは「くもり空」「の下に浮かぶ」と分けて読むことになります。

句またがりによって、リズムが

●二つの句またがりに挑戦する

パターン①

愛されずわたし観葉植物派

5 12

笠原奈穂子

◎句の解説

恋人などがおらず、寂しい気持ちでいる自分を、育てている観葉植物になぞらえて「観葉植物派」と言い表した句。「観葉植物派」という言葉が非常に新鮮な響きを持っている。

読む際には、中七と下五がそれぞれ「わたし観葉」「植物派」となり、意味の切れ目と五七五の切れ目がずれているリズムがおもしろい。

パターン②

真っ白な予定なんでもできる夏

8 9

酒井直美

◎句の解説

季節は夏。夏休みの予定が何も入っていない状態を、「なんでもできる」と大きな期待感でとらえた。「真っ白な予定」という表現も、わかりやすく、それでいて印象的だ。また、五七五のリズムでは「真っ白な」で切って読むことになり、夏休みに入ろうとするときのすがすがしい気持ちが強調されている。

おもしろくなり、句の立体感が増すのです。初心者には難しいかもしれませんが、リズムの楽しさを追求する姿勢を持っていると、句の幅が広がります。

句またがりなんてものは、狙ってできるもんじゃない たくさん作ればおもしろいリズムの句が作れるようになるものさ

比喩が読み手に驚きを与える

●つかず離れずがよい

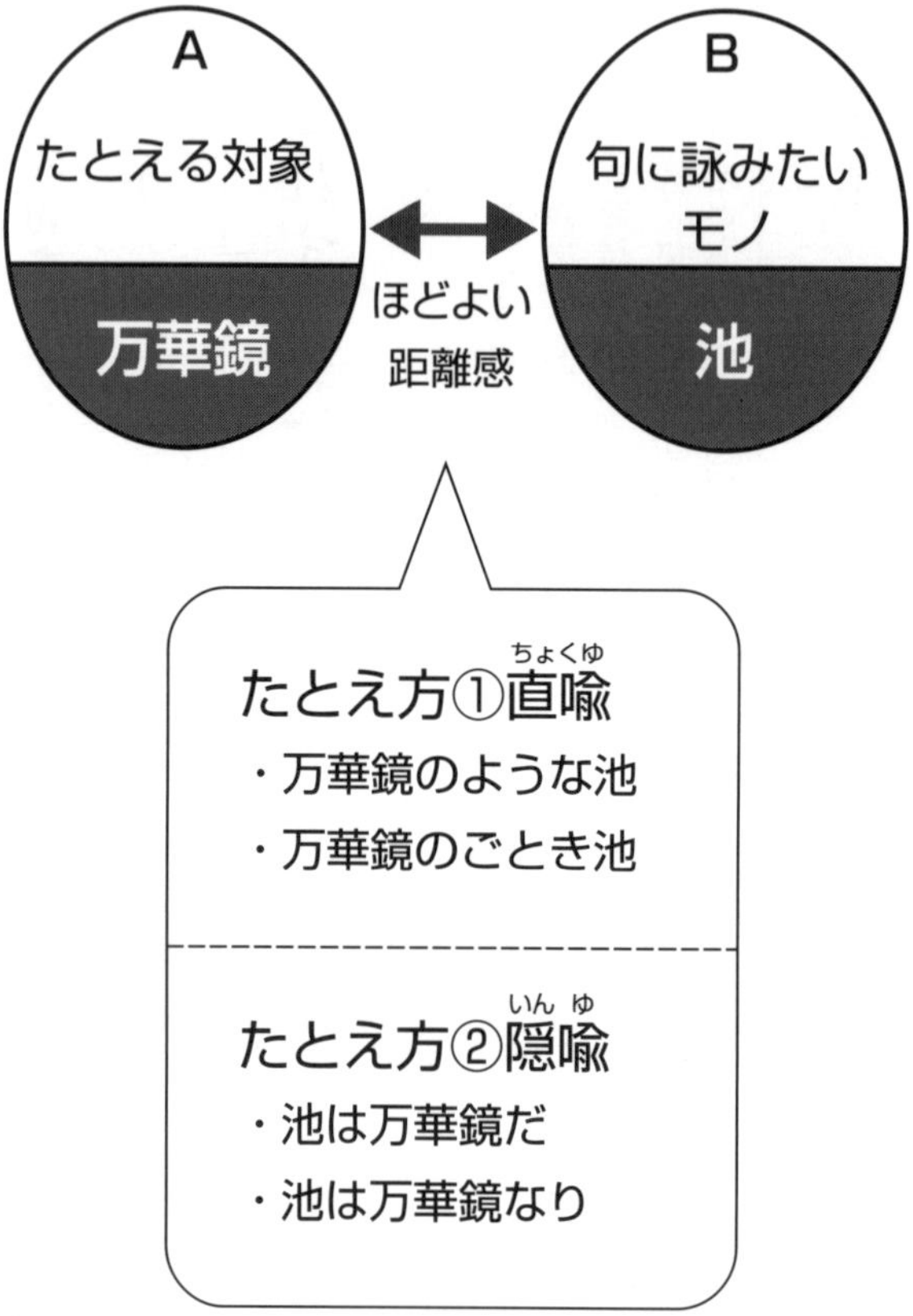
A
たとえる対象
万華鏡
ほどよい
距離感
B
句に詠みたい
モノ
池
たとえ方①直喩《ちょくゆ》
・万華鏡のような池
・万華鏡のごとき池
たとえ方②隠喩《いんゆ》
・池は万華鏡だ
・池は万華鏡なり

題材を他のモノにたとえて言い表す「比喩」では、ありきたりでないたとえをしたいものです。「餅のような肌」や、「花のような美しさ」のような使い古された比喩は、句そのものを凡庸にしてしまいます。

ありきたりの表現を避けるには、感覚をとぎすまし、題材をよく観察することが必要です。小さな発見が新鮮な比喩につながることがあります。

自らの発見をベースにすることが、読み手が思わず感心するような比喩の句を作るのです。

●直喩と隠喩を使って句を作る

たとえ方① 直喩

一枚の餅のごとくに雪残る　川端茅舎《ぼうしゃ》

たとえ

◎句の解説

季語は「雪」で冬。雪が解けずに残っている様子を「一枚の餅」にたとえた。部分的に残った雪の状態がはっきりと見てとれる。

川端茅舎（一八九七～一九四一）は異母兄に画家の川端龍子がおり、自身も画家を志した時期がある。自然を見る独特の視点が句にも生きている。

たとえ方② 隠喩

千枚田雪が積もってミルフィーユ　中山友彩

たとえ

◎句の解説

「千枚田」は山の斜面などに小さな田んぼを階段状に作ってあるものだが、そこに雪が積もったために、ミルフィーユのように見えたという句である。

「ミルフィーユ」とは、パイ生地を何枚も重ねて作ったケーキ。日本の風景のひとつとも言える千枚田を洋菓子のミルフィーユにたとえた点が、斬新である。

使い方次第で句が締まる

擬人法で実感できる句を作る

●擬人法とは

花が
→ 咲いている……　花の当たり前の性質を述べた、通常の表現
→ 笑っている……　花を人の動作になぞらえて表現した**擬人法**

擬人法は、比喩の一種。「雲が踊っている」など、人ではないものが、人のするような動きをしているようにたとえる表現方法を言います。

この方法は、「壊れたおもちゃが泣いている」や「花は悲しんでいる」など、幼稚な表現になりやすい面もあります。

が、まさしくこれだ、という表現ができれば、一言で複雑なイメージが表現できます。

さらに、インパクトを読み手に強く与え、句の感動が伝わりやすくなります。

★メリット
- □インパクトがあり、印象に残りやすい
- □句のポイントとなり、全体が引き締まる

★デメリット
- □安易に使うと、幼稚な印象を与える
- □技巧的になりすぎると、嫌われがち

★注意点
- □ひとりよがりになっていないか？
- □使い古された表現になっていないか？

●擬人法を効果的に使って句を作る

ゆうぐれがどんどん山へ帰ってく

擬人化

樋口高太

◎句の解説

夕方、だんだん日が暮れていく様子を「どんどん山へ帰ってく」と擬人法で表現した。西にある山のほうに夕日が沈んでいく。そうすると、ゆうぐれも、どんどん吸い込まれるように消えていく。その様子は、まさしく「山へ帰ってく」と言い表すにふさわしい。

凩《こがらし》や海に夕日を吹き落す

擬人化

夏目漱石

◎句の解説

季語は「凩」で冬。冬の夕日が海に沈む様子を、「凩」が海に夕日を「吹き落して」いるのだ、と擬人化した。日の短い冬は、夕日が沈むのが早いように感じられるが、それを凩のせいにしたところがユニークだ。また、このように表現したことで、凩の冷たく、勢いのある様子が印象づけられている。

★擬人法の季語もある

擬人法を使った山の季語として、「山笑う（春）」「山滴《したた》る（夏）」「山粧《よそお》う（秋）」「山眠る（冬）」がある。移り変わる山の表情をうまく人にたとえている。

自分ならではの擬音語・擬態語を使う

擬音語や擬態語（オノマトペ）は、モノの印象を具体的に感じさせる効果があります。たとえば風が「ピュー」と吹くのか「ビュー」と吹くのかで、強さの感じ方が違ってきます。上手に使えば擬音語・擬態語の微妙な違いで細かい性質を表せます。ただし、比喩と同様、ありきたりなものを使うと、おもしろみが薄れてしまいます。先入観を捨て、五感をとぎすませて音や雰囲気を感じとり、自分ならではの言い方を見つけることが、おもしろい句になるかどうかのわかれ目となります。

●擬音語・擬態語の光る句

きょお！と喚《わめ》いてこの汽車はゆく新緑の夜中

金子兜太

汽笛の音を自分だけの新鮮な擬音語で表した

一回聞いたら忘れられない言葉ね

◎句の解説

季語は「新緑」で夏。新緑の頃の夜、汽車が「きょお！」という汽笛を鳴らして走っていく様子を詠んだ。汽笛の音をよく聞くと、確かに「きょお！」と鳴っているようにも感じられる。汽笛といえば「ボーッ」というような擬音語が一般的だが、自分の耳と言葉で汽笛の音をとらえ直している。

●オノマトペで細かい性質を表す

春の海終日《ひねもす》のたりのたりかな

与謝蕪村

◎句の解説

季語は「春の海」で春。春の海の一日中のどかな様子を「のたりのたり」という擬態語で表現した、蕪村（七〇ページ参照）の代表句である。「のたりのたり」を声に出してみると、非常にゆったり、のんびりした音であることがわかる。春の海の穏やかな様子が、この音に凝縮されている。

ズズズザザンガガンギギンと風が吹く

波平涉

◎句の解説

風が吹く様子を、「ズズズザザンガガンギギン」という、インパクトの強い擬態語で表現した。このフレーズには濁音が多く、強く勢いのある音から風のすさまじさが感じられる。多くのことは語らず、この激しい風はどんな風だろう、と想像をかきたてる。リズム感もあり、読んで楽しめる句になっている。

リフレインで響きのおもしろさを出す

●リフレインでリズム感を出す

梅一輪一輪ほどの暖かさ

「一輪」をたたみかけることで、「一輪だけ」と強調し、リズム感も出している

服部嵐雪

◎句の解説

この句には前書きがあり、「寒梅」を詠んだとしている。季語は「寒梅」で冬の句。寒梅は一月ごろの寒い時期に咲く梅。寒梅が一輪咲き、その一輪ぶんだけわずかではあるが、暖かくなったように思い、春はもうすぐだ、と感じている。服部嵐雪（一六五四～一七〇七）は芭蕉の弟子である。

言葉をくり返すことにより、その言葉の意味を強調することができます。たとえば、「ずっと雨が降っている」と言うよりも「雨雨雨」と言ったほうが、長く雨が降っている様子や、憂鬱な気分を出すことができることもあります。

さらに、「雨」という言葉の連続が呪文や暗号のように見えたり、文字の形から想像がふくらんだりと、くり返しの効果はさまざまです。

また、くり返しは独特のリズムを生みます。くり返しの句を作る

ときは、何度も音読し、リズムや音の響きにこだわるとようにします。

●リフレインの句を味わう

分け入つても分け入つても青い山　種田山頭火《さんとうか》

◎句の解説

春から夏にかけて、木々はいっそう茂り、秋の紅葉までの間、青々とした姿を見せる。これは、そのような夏の山であろうと想像できる。どこまでも青い山の様子が、くり返しの表現によって伝わってくる。山頭火（一八八二～一九四〇・一六〇ページ参照）は、放浪しながら無季の自由な俳句を作った。

つららつらら私も一緒に光らせて　宮本裕華

つきぬけろつきぬけろ秋の青空　馬場美喜

孫を目で追えばたんぽぽまたたたんぽぽ　鈴木茂雄

◎句の解説

最初の句の季語は「つらら」で冬。「つららつらら」とくり返したことで、歌っているような軽やかな印象を受ける。「つきぬけろ」の句はくり返しを使い、秋の空の高さを表現している。「孫を目で追えば」の句の季語は「たんぽぽ」で春。一面に絨毯のように広がるたんぽぽが感じられる。

声に出して楽しめる句ばかりね

セリフをそのまま使って臨場感を出す

●つぶやきを句にする

卒業しても友達
約束な

その言葉、そのまま句になるぞ

日常会話は親しみやすく、シンプルでわかりやすい言葉で成り立っています。会話をよく聞いてみると、心地よいリズムを生み出していることがあります。そのようなセリフは、そのまま句になることがあります。

普段使う気取りのない言葉は、気持ちが素直に表現されているものです。

家族や親しい人の言葉に耳を傾けてみることも、句作には大切です。もしかすると、俳句になるようなセリフを言っているかもしれません。

●セリフでシンプルに分かりやすい句を作る

毎年よ彼岸の入に寒いのは　**正岡子規**

◎句の解説

季語は「彼岸」で春。「彼岸の入」は三月中旬ごろにやってくる。この時期は、春とはいえど、まだ寒い日も多い。この句は、子規（一三二ページ参照）が病床で聞いた言葉をそのまま句にしたもの。子規の母、八重のセリフだといわれている。寒さに肩をすくめながら、「毎年よ」と言っている姿が目に浮かぶ。

何気ないセリフが句になる

本当にセリフが句になるだろうか、と首をかしげる人もいるだろう。しかし、よく聞いてみると、句になる言葉を話す人が多くいるものである。たとえば、左のような句がある。

「ごはんだよ」母から二階へメールくる　三宅千代

日常のひとコマだが、同じ家にいる娘にわざわざメールを送った母の人物像が想像できる句である。

セリフの句は、何気ないように見えて、実は、その背景にある物語をきちんと伝えてくれる。

新語・外来語への挑戦が新鮮な句を生む

●句にならない言葉はない

菊人形携帯電話を持っていた

古い言葉と新しい言葉のミックス

金子兜太

◎句の解説

季語は「菊人形」で秋。菊人形は、人形の形に組んだ土台に菊を植えつけて飾ったもの。昔からさまざまな菊人形が作られており、秋になると展示会が開かれる。古くから作られてきた菊人形が、携帯電話という現代的なものを持っていた、という組み合わせの驚きが描かれている。

句作に慣れてくると、新しい言葉を使った句にも挑戦してみたいものです。新しい言葉といっても、自分にとって身近なものを選ぶようにします。たとえば、「携帯電話」や「アルバイト」など、生活のなかに溶け込んでいる新語や外来語はたくさんあります。

新しい言葉を使うときに気をつけたいことは、なるべく一般的になっている言葉を使うようにすることです。

すでに定着している言葉を使うことにより、ひとりよがりの難解な句にならないように心がけます。

★時代とともに、使う言葉も変わる

「ステッキ」「スーツ」「ネクタイ」など……。芭蕉の時代にはなかったものが、現代にはあふれている。新しいもの＝俳句的ではないと決めつけず、身の回りのものを詠んでみたい。

新語の句、大集合!

初バイト他人のふりして母並ぶ　立田郁

アイシャドー羽化始まりぬハイティーン　榎本礼子

コンビニへコートで隠す部屋着かな　西尾文枝

こわごわと足を入れる朝のジーパン　杉山あや

ここでは、新語、外来語を使ったおもしろい句を紹介したい。

「初バイト」の句は、心配性の母がほほえましく感じられ、思わず笑ってしまう。「初バイト」という短い言葉には緊張感が凝縮されている。

アルバイトを始めるような年齢は、子どもから大人へ成長をとげようとする時期でもある。そのような若者をとらえたアイシャドーの句。うちの娘も、と思った人も多いのではないか。

最後に、日常の何気ないひとコマを切り取った句を2つ。

いずれも「あるある」という共感の声が聞こえてきそうな、親しみやすい句だ。

切実なテーマは季語を必要としないこともある

●無季の俳句とは

季語の入っていない句を
無季と言います
たとえば……

彎曲《わんきょく》し火傷《かしょう》し爆心地のマラソン　金子兜太

◎句の解説

作者が長崎にいたときに作った句。長崎は原子爆弾が投下されたところでもある。それを示す「爆心地」という言葉が強烈に響く。「彎曲」「火傷」という言葉は原爆投下当時の長崎を思わせる言葉だ。そんな歴史を持つ長崎でマラソンをする姿には、長崎を背負う人々のたくましさが重なって感じられる。

※ただし、後になって「爆心地」を夏の季語とする歳時記も出ている。

強い衝撃や、いろいろなイメージを浮かび上がらせる言葉として、戦争や、生死にかかわるものがあります。これらの言葉は歴史や生命を象徴し、季語がなくても句の中心になり得ます。

たとえば、「広島」「長崎」と聞くと、原子爆弾が投下されたことを思い出す人が多いでしょう。一言で、戦争の悲惨さが、読み手に強く伝わります。

また、生死にかかわること以外でも、人生を象徴する一場面を詠むことで、季語が必要なくなる場合もあります。「結婚」「定年」「死

●無季の句を味わう

うどん供へて、母よ、わたしもいただきまする　種田山頭火

◎句の解説

うどんを二杯作り、一杯を母の霊前に供え、もう一杯は自分でいただく。「わたしもいただきまする」という呼びかけには、母に対する親しみや、母の霊を慰めようとする気持ちが表れている。

山頭火（一六〇ページ参照）の母は、彼が幼い頃自殺している。静かで孤独を感じさせる句だが、同時に親子の温かさも漂う。

広島がヒロシマとなる日空は燃え　牧野史和

白くって青くって空うごいてる　三浦まつ美

◎句の解説

「広島」の句は、「ヒロシマ」とカタカナ表記を並べることで、世界で唯一の被爆国としての重みが伝わってくる。

「白くって」の句は、「白くって青くって」と重ねて、刻々と表情を変える大空の様子を表している。句またがりのイレギュラーなリズムも、変化する自然のイメージと重なる。

別」などがそのような場面にあたります。

COLUMN

短い生を生き抜いた子規

正岡子規（1867〜1902）の「子規」は本名ではなく、学生時代に結核《けっかく》にかかったあと使うようになったという。「子規」は「ホトトギス」とも読める。「ホトトギス」は「鳴いて血を吐く」と言われる鳥だ。結核にかかり血を吐く自分を「ホトトギス」になぞらえたのである。

病魔につきまとわれた子規だが、俳句や短歌の革新運動をするなど、文学上の活動は力強かった。俳句の世界では写生の句（102ページ参照）を重んじ、客観性・絵画性のある句を作った蕪村（70ページ参照）を高く評価した。また、「俳句」という名前を考えたのも子規だ。それまでは「俳諧《はいかい》」と言われていた。

もともと、「俳諧」は「俳諧連歌《れんが》」と言われ、ひとりが詠んだ五七五のあとに、他の人が七七をつけて続けていく、遊びの要素の強いものだった。やがて連歌の最初の五七五を独立させた「発句《ほっく》」が作られるようになるのだが、遊びの延長で滑稽《こっけい》なものを詠みこむ性質があった。

やがて芭蕉によって自然を詠むなど、芸術性が高められたのだが、江戸時代の末期になって低迷していた。子規は低迷する「俳諧」から脱却し、写生によって新しい「俳句」の世界を求めた。

亡くなる前日に詠んだ下の3つの句は、すべて糸瓜《へちま》を詠んだもの。糸瓜からとれる水は、痰を切る薬として使われていたという。

病気に苦しみ、短い生涯を終えた子規。だが、子規の影響を受けた俳人たちは、新しい俳句の世界を展開していったのである。

子規　辞世の三句

糸瓜咲て痰のつまりし
仏かな

痰一斗糸瓜の水も
間にあはず

をととひの糸瓜の
水も取らざりき

第5章

推敲が名句を作る

基本を確認して、人に見せられる句にする

●推敲の第一歩。基本のチェックポイント

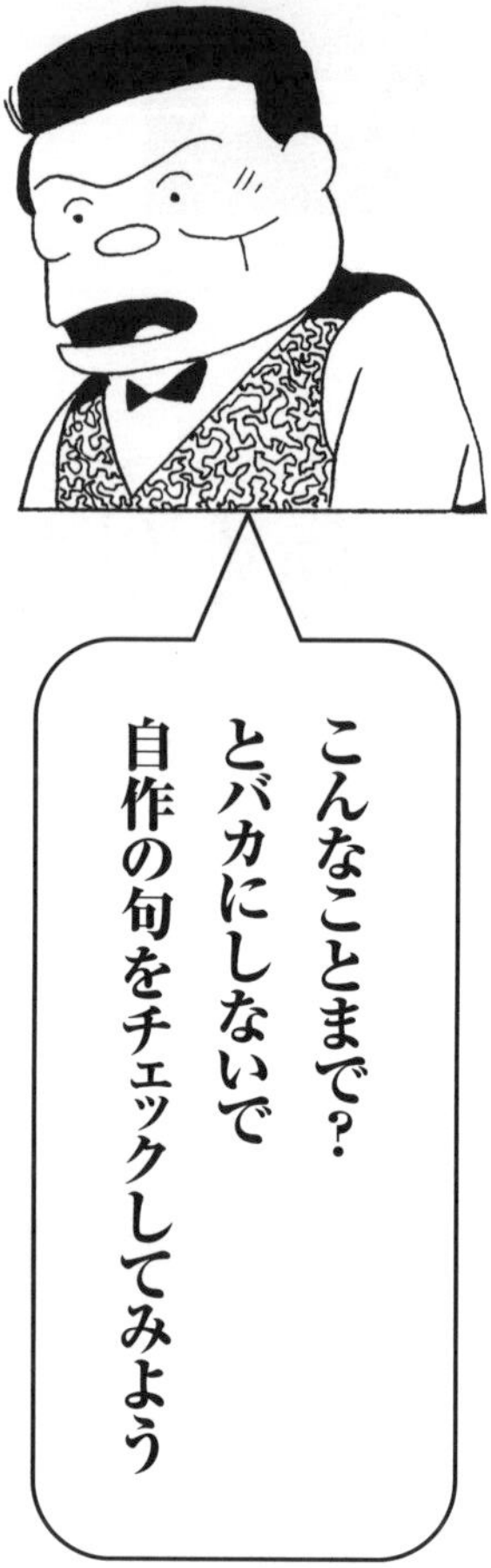
こんなことまで?
とバカにしないで
自作の句をチェックしてみよう

一、五七五になっているか

俳句のひとつ目の決まりごとは五七五の定型。初心のうちは五七五にきっちり収めることを心がけよう。指折り数えているうちに、体に五七五のリズムがしみついていく。

推敲とは、作品に使われている言葉を、何度も考え、直してよりよいものにすることです。

最初はありのままの気持ちを大切にして句を作ればよいのですが、時間を置いて句を見直し、自分の気持ちを十分に表現しているか、読み手に伝わるかを頭に入れて、語順を入れ替えたり、他の言葉を探したり、完成度を上げるようにします。

推敲は、俳句のような短い詩では特に大切です。短いため、ひとつの作品に使う言葉も少なくなります。少ないぶん、吟味する必要

二、季語がひとつ入っているか

俳句の二つ目の決まりごとは季語を入れること。季語がひとつも入っていない（無季）、もしくは、季語が複数入っている（季重なり）の名句もあるが、やはり最初は基本通りに一句にひとつ季語を入れよう。そのためには、歳時記（一六ページ参照）を活用してたくさんの季語を知ることが大切。

三、すでにある句に似ていないか

あれやこれやと句をひねり出そうとしていると、無意識のうちに知っている句をマネしてしまうことがある。もちろん、マネした句を発表してはいけない。また、お気に入りの句をお手本に練習するのは上達のためにいいことだが、発表する際には十分に気をつけたい。

四、誤字・脱字はないか

せっかくステキな句を作っても、誤字・脱字があっては台無しだ。迷ったときは国語辞典や漢和辞典を開いてみる習慣をつける。

推敲は
これからが本番
どんどん句を
磨いていこう！

があるのです。

このとき、ひとつの句に季語がたくさん入っていれば、ひとつにしぼるようにします。また、他の人の作品に似てしまったときなども、推敲を重ねることによって直すようにします。

何度も音読してリズムを整える

●すっと読み下せる句を目指す

× 庭の梅みっつも実がつく細い枝先

音読し、ひっかかるところを修正

○ 梅の実をみっつ持ちたる枝の先

読みづらいわ

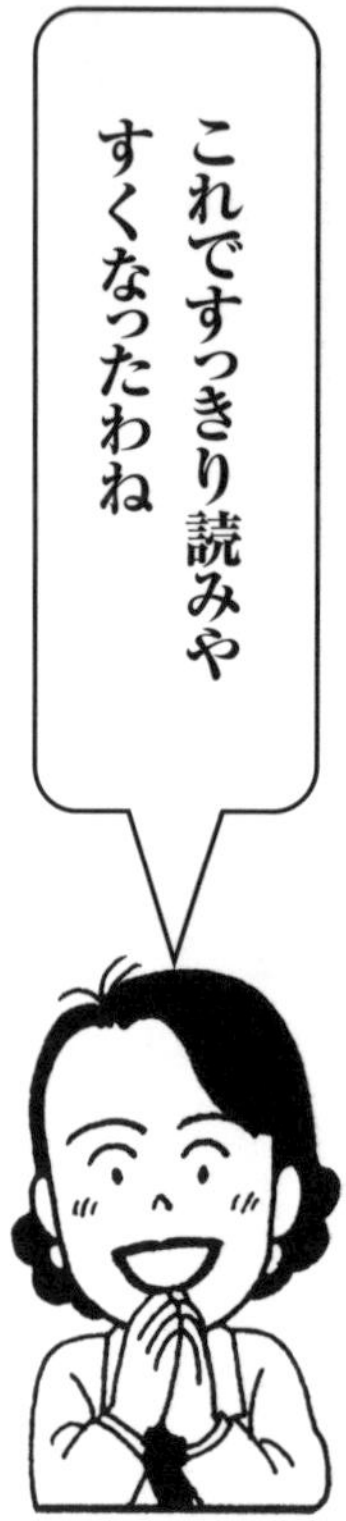
これですっきり読みやすくなったわね

俳句の五七五というリズムは、日本人にとって口ずさみやすいものです。特に名句のリズムは心に響くので、音読してみるとよいでしょう。

名句からもわかるように、俳句にとって声に出したときの印象は大切なものです。句を作ったら、音読してリズムを確かめます。推敲するときも、作品を音読してみると、すっきりしない部分がよくわかります。リズムを整えて、すっきりと一息で読み下せる句に直していくようにします。

☆いつでもどこでも音読できる
散歩の途中や料理中、はたまた行きつけのバーの片隅で……。
音読をくり返し、「これだ！」と思える句にする。

舌頭に千転せよ

推敲について、芭蕉（36ページ参照）は「舌頭《ぜっとう》に千転せよ」と言っている。句を作ったら、何度も声に出して読み、言葉を練ったほうがよいということだ。

このことは、推敲の真理をとらえている。感動や発見があっても、それを表現したり、人に伝えたりするのは難しい。

何度も声に出すことで作品に対して客観的になり、悩みながらも、より自分の感動に近い言葉、何を発見したのかがわかる言葉、人に伝わりやすい言葉を選んでいく。そうしていい句にしていくことが推敲なのだ。

見た目を推敲し、読みやすい句にする

俳句ができたら紙に書いて字面をチェックします。「さんま」と「秋刀魚」など、ひとつの言葉を漢字にしたり、ひらがなにしたりするだけで、句の印象が変わります。

また、見た目を整えることによって句も読みやすくなります。

たとえば「あきかぜ」という言葉を使うとき、「秋風」と書くと「しゅうふう」とも読めます。何通りにも読める場合はひらがなにするなど、読み手のことを考えて漢字とひらがなを使い分けるようにします。

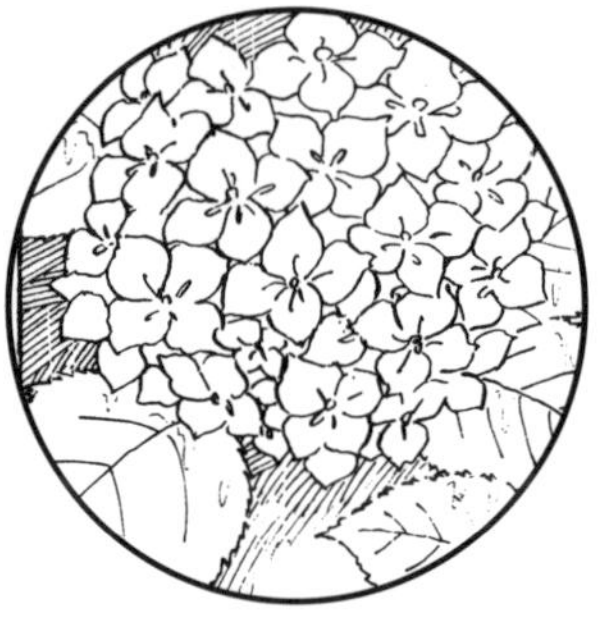

●漢字とひらがなはバランスよく使う

×紫陽花の蕾無数に膨張す

漢字が多くゴツゴツした印象で、必要以上に硬い印象を与える

字面をチェック

○紫陽花のつぼみ無数にふくらみぬ

丸くてやわらかい印象を持った言葉をひらがなに変更することで、言葉の意味と見た目がマッチする

●漢字をどう読ませたいかをはっきりさせる

「春日」は何と読むのだろう。はるひ？　しゅんじつ？　かすが？　五七五と数えてみると「しゅんじつ」と読ませたいようだけれど……

×春日の眠気に勝てぬ午後一時

○春の日のねむけに勝てぬ午後一時

「春日」は読み方に迷ってしまうので、「春の日」に替えた。さらに「ねむけ」とひらがなにしたほうが、のどかな感じが出る

漢字とひらがなは句のイメージに合わせて意図的に使い分けることもできるのです
一五二～一五三ページで詳しく説明しますよ

句帖を活用すると効果が増す

●句帖を使って推敲効果アップ

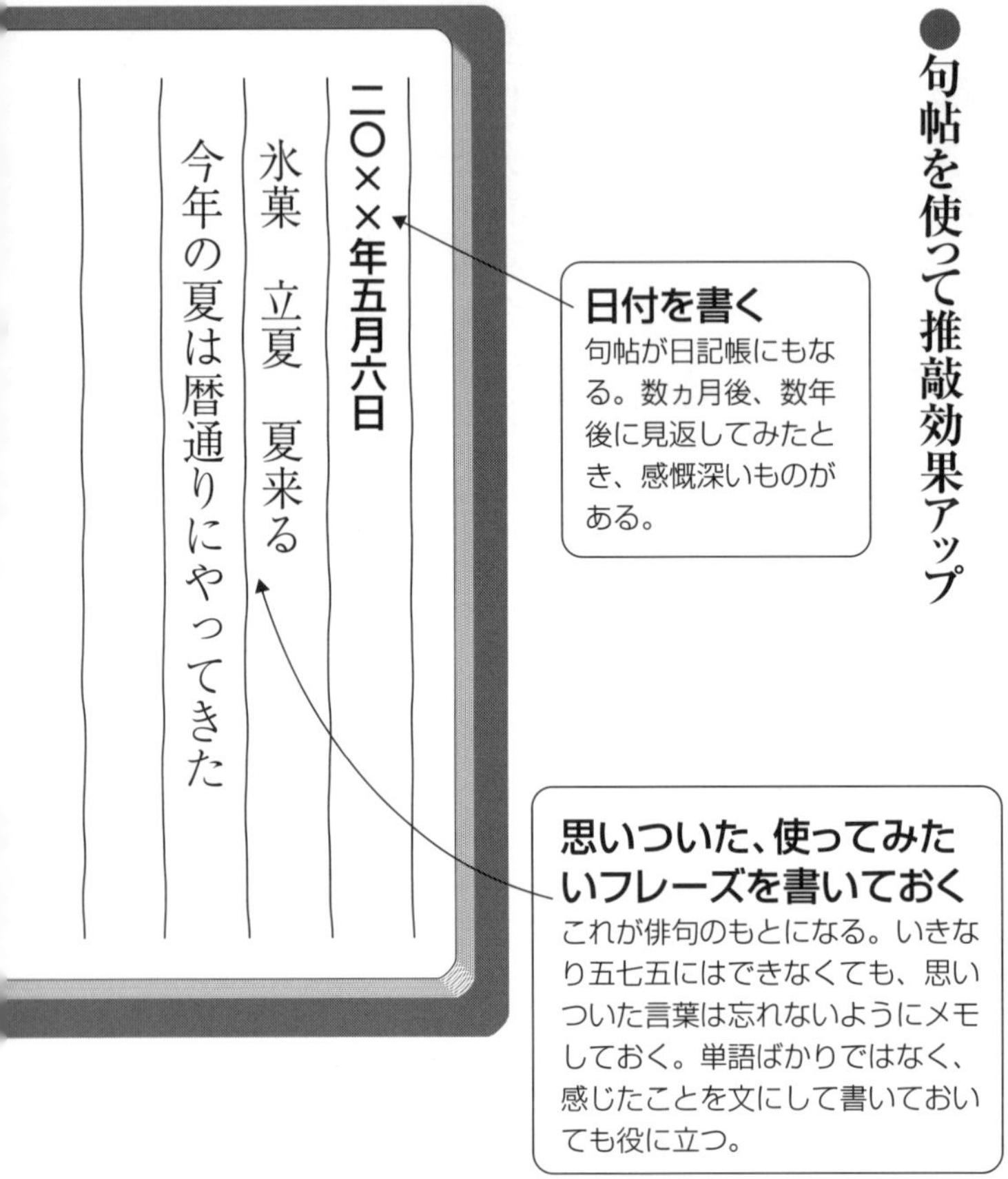
二〇××年五月六日
氷菓　立夏　夏来る
今年の夏は暦通りにやってきた
日付を書く
句帖が日記帳にもなる。数ヵ月後、数年後に見返してみたとき、感慨深いものがある。
思いついた、使ってみたいフレーズを書いておく
これが俳句のもとになる。いきなり五七五にはできなくても、思いついた言葉は忘れないようにメモしておく。単語ばかりではなく、感じたことを文にして書いておいても役に立つ。

句帖には、少し出来がわるいと思うような句も書いておくようにします。何日かあとで見て、手直しすることによって、よい句になるかもしれません。

手直ししてできた句を隣に並べて書いてみます。推敲前と推敲後を見比べることで、さらに直すところに気がつき、会心の作ができあがる可能性もあります。

また、推敲のあとを残しておくことで、どのようなところを直したのかがわかり、句が完成するまでの過程をとらえやすくなります。

推敲のあとを残しておく

推敲したときは、元の句を消してしまわずに残しておく。推敲を終え、完成した句は別のページに清書しておいてもよい。

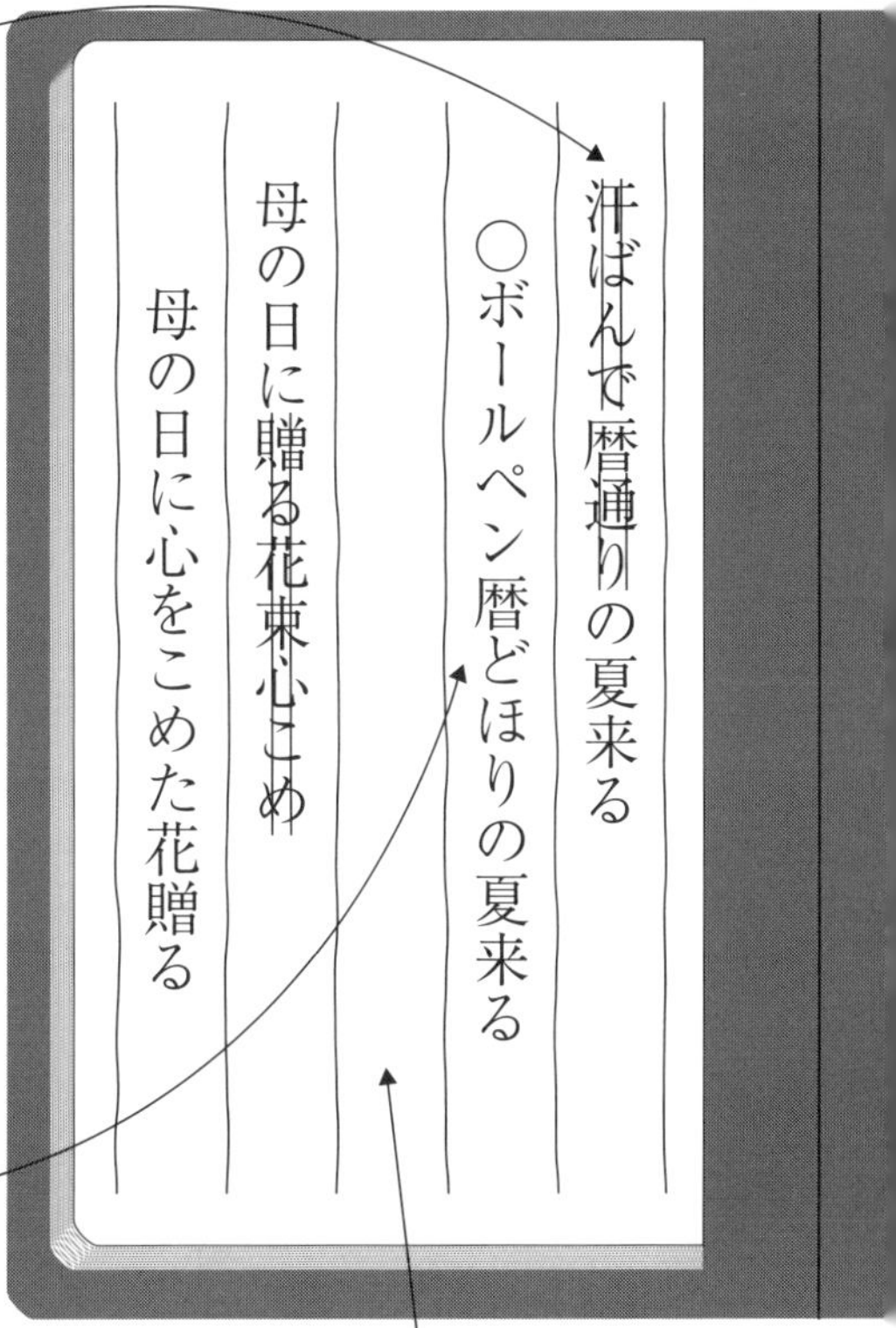
汗ばんで暦通りの夏来る
○ボールペン暦どほりの夏来る
母の日に贈る花束心こめ
母の日に心をこめた花贈る

発表できる句がわかるように

発表してみようと思う句は、○印などをつけて、わかるようにしておく。

推敲するための行をあけておく

あとから推敲できるように、2〜3行あけて句を書いていく。

句帖の表紙には、
使い始めと
使い終わりの日付を
書いておくといいわ

主語と述語、修飾と被修飾を明確にする

●誰の動作なのかをはっきりさせる

× あいさつを問ふ葉桜や恋心

葉桜があいさつを問う？「問う」のが誰かわかりづらい

○ あいさつを葉桜に問ふ恋心

動作の対象を表す「に」に替えて、自分が葉桜に対して「問う」ことを明確に表す

俳句は「一人称の文芸」つまり特記なき場合主語は「私」になるんだ

俳句では、少ない文字数のなかに言いたいことを盛り込もうとするため、言葉同士の関係が不明瞭になることがあります。主語と述語、修飾・被修飾の関係をおさえることで、これを防ぐことができます。

主語というのは、文などで「何が」を表す部分です。「どうした」かを表す部分を述語と言います。「私が書いた」では「私」が主語、「書いた」が述語です。また、修飾語は「どのような」「どのように」を表す部分です。たとえば、「赤

●**何を説明しているのかをわかりやすく**

✕ 雨の空白く輝く蜘蛛の糸

白く輝いているのが、雨の空なのか、蜘蛛の糸なのかがわかりづらい

○ 雨空や白く輝く蜘蛛の糸

切れ字「や」を使って一区切りつけたことで、白く輝いているのは蜘蛛の糸だとわかる

い花」の「赤い」は修飾語で、修飾されている「花」は、被修飾語と言います。

これらの文法上の関係をはっきりさせたうえで、言葉が正確に伝わるかどうか、読み手の気持ちになって読み直してみます。幾通りにも意味がとれる、含みのある句がいいこともありますが、最低限、言葉の係り方は明確にしておかないと読み手にメッセージが伝わらなくなってしまいます。

難しい句
わかりづらい
句がいいわけ
じゃないのね

「てにをは」の使い方で印象が変わる

●たった一文字、されど一文字の威力を知る

△ 雨《あま》あひにうまやを飾るすみれかな

伝えたいイメージ通りの句になっているか、「て」「に」「を」「は」の使い方を吟味

○ 雨あひのうまやを飾るすみれかな

「雨あひ」と「うまや」を「の」でつなげることで、ひと続きの情景を表現できた

※雨あひ……一時、雨のやんでいる間のこと
うまや……馬小屋、厩舎のこと

「てにをは」とは助詞のことです。「家に帰る」の「に」や、「今日は晴れ」の「は」を助詞といいます。他の言葉のあとにつき、言葉同士の関係を示す働きがあり、助詞で文の意味や印象が変わることがあります。

たとえば、「今日は晴れだ」と「今日も晴れだ」を比べるとわかりやすいかもしれません。「てにをは」を適切に使うことで、文の意味がわかりやすくなったり、印象が良くなったりすることが多くあります。

●「て」の使い方に注意する

☆十七音で言い切る

接続助詞「て」は「〜して…」というようにあとにまだ続くように思わせる。句の最後を「て」にしてしまうと、句が完結しない。

×
秋風や昨日の酒をひきずって

☆「何がどうしてどうなった」という説明調は避ける

「て」の前後は原因・結果を表す。句の途中に「て」を使うと説明的になりやすい。安易に「て」を使うのは避けたい。

×
秋風が身にしみ入ってつらさ増す

秋風よ昨日の酒を吹き飛ばせ

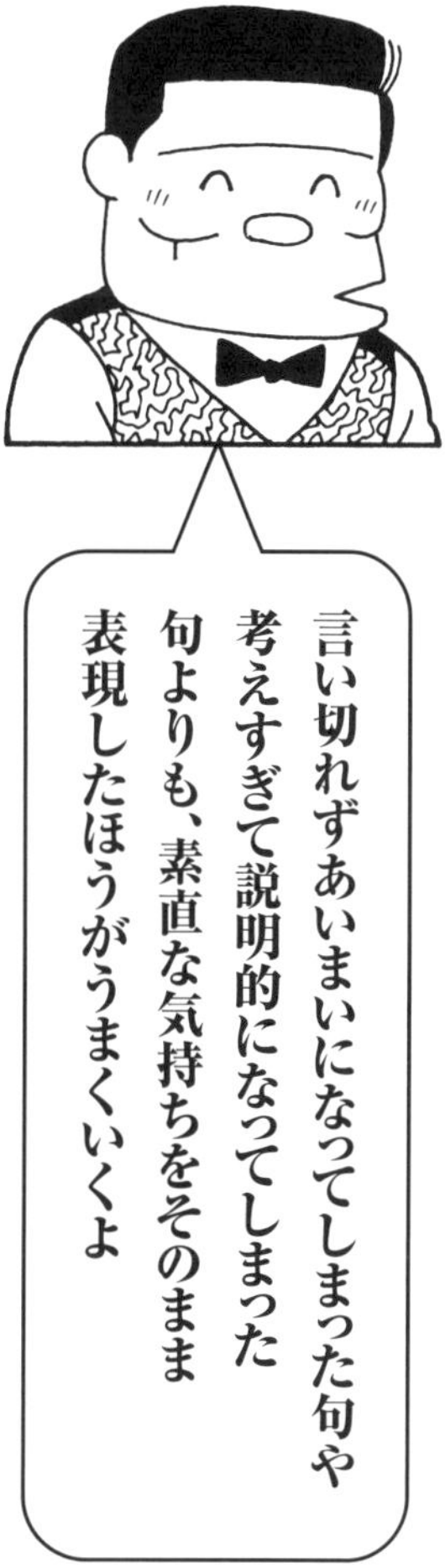
言い切れずあいまいになってしまった句や考えすぎて説明的になってしまった句よりも、素直な気持ちをそのまま表現したほうがうまくいくよ

特に、俳句のような短い詩では「てにをは」の働きが重要になります。一文字の助詞についても、しっかり吟味する習慣をつけることが大切です。

たった一文字にこだわるなんて本格的になってきたわね

順番を入れ替えて、最良の位置を探す

●まずは上五と下五の入れ替えから

よもぎ餅ふわりと香る葉のなごり

音数が同じ上五と下五を逆に

葉のなごりふわりと香るよもぎ餅

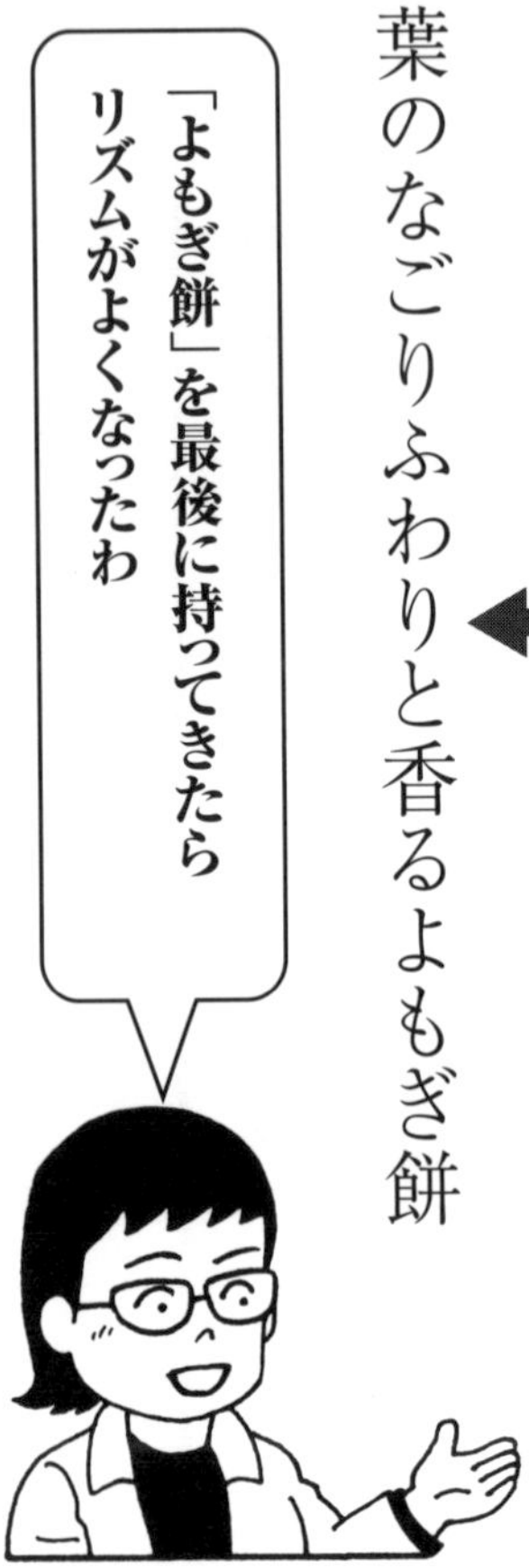
「よもぎ餅」を最後に持ってきたら
リズムがよくなったわ

俳句では、声に出したときのリズムが大切です。リズムがわるいときは、言葉の順番を入れ替えるとよくなることがあります。

たとえば、上五と下五を入れ替えてみます。

どちらも五音ずつなので、やりやすいはずです。また、上五・中七の上に下五を置いてみるのもよいでしょう。

入れ替えによって五七五で分かれない句またがり（一一六ページ参照）にするなど、一番合う語順を探してみるようにします。

ただ順序を入れ替えるんじゃなくて
言い回しも変えていかないといけないんだね
臨機応変にね

●一番言いたいことを最初に持ってくる

ゆりの花じっと立ちをり人を見る

↓

じっと立ち人を見てをるゆりの花

ゆりの立ち姿を印象づけたいときは、「じっと立ち」を最初に

↓

人を見てじっと立ちをるゆりの花

ゆりが人を観察しているようだと言いたいときは、「人を見て」を最初に

季語を入れ替えて、組み合わせを探す

●推敲の極意を芭蕉に学ぶ

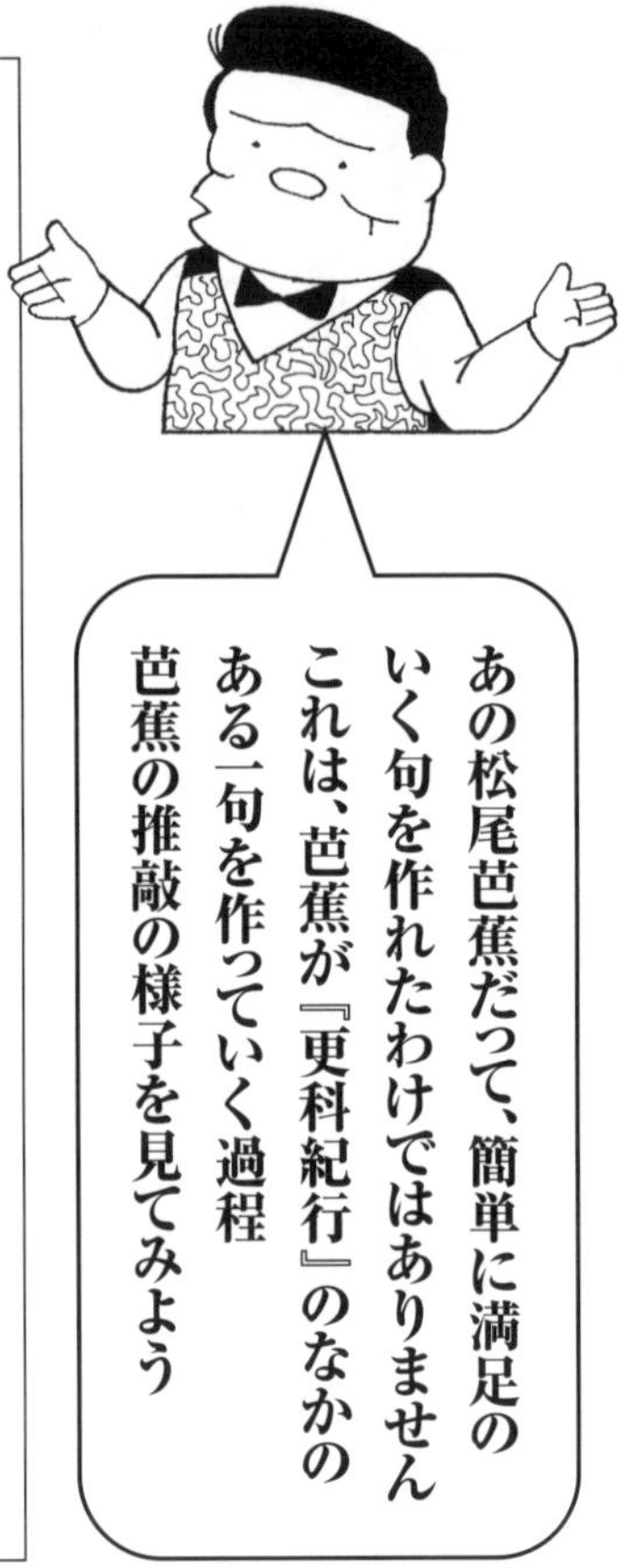
あの松尾芭蕉だって、簡単に満足のいく句を作れたわけではありません
これは、芭蕉が『更科紀行』のなかのある一句を作っていく過程
芭蕉の推敲の様子を見てみよう

秋風や石吹颪《おろ》すあさま山

季語は「秋風」。「秋風」というと、穏やかな風から台風の激しい風まで含まれるが、「石吹颪す（＝石を吹き動かす）」とあることからわかるように、芭蕉は激しい風をイメージしていたようだ。

句を作ったら「季が動いて」いないか見直しましょう。

季が動くとは、季語を他の季節のものに入れ替えても成り立つことです。たとえば、「本日は晴天なりし春の空」の場合、「春の空」を「夏の空」、「秋の空」「冬の空」に替えても、おかしな感じはしません。このようなものを季が動くと言い、季語を生かせていない、避けたほうがよい句とされています。

さらに、季語をより吟味し、句にぴったりなもの、イメージが明

吹颪《ふきおろす》あさまは石の野分かな

上五に持ってきて強調した

季語が「秋風」から「野分」に変わっている。「野分」も秋の季語で風のことであるが、こちらは台風による強風を指す。秋の野を二つに分けてしまうような強い風の意。「野分」としたことで、石を吹き動かすような風の強さを表現している。

↓

吹落す石をあさまの野分かな

「颪《おろし》」は山などの高いところから吹きおろしてくる風のこと。「吹颪」ではいまいち風の強さが伝わらない。芭蕉は「吹落す」という、より実感に近い表現に変えた。

また、中七が気になったようで、「あさまは石の」を「石をあさまの」と変えている。しかし、芭蕉はまだ満足しない。

↓

吹とばす石はあさまの野分かな

「吹落す」を「吹とばす」に。芭蕉はついに、ぴったりな表現を見つけた。

「を」を「は」に替えるだけで、流れるようなリズムが生まれた。

確に伝わるものにこだわるようにします。歳時記を見ると、季語を言い換えたものが載っていますので、試してみましょう。

ぴったりな季語を歳時記片手に考えてみる。

わかりやすい言い回しを探す

●言葉をゆるやかに使う

入《にゅう》梅《ばい》の網戸に猫の遊ぶかな

★「入梅」＝「梅雨入り」＝「梅雨に入る」など、いろいろな言い方があるが、ここでは硬い印象の熟語をひらがなでほぐし、わかりやすく

梅雨に入り網戸に猫の遊ぶかな

やわらかい表現にしたことで、猫の遊ぶ様子とも相性が良くなった

日本語には、ひとつの事柄でもさまざまな表現があります。たとえば、梅雨の季節がやってきたことを「梅雨入り」と言いますが、「入梅」という言葉もあります。読み方もさまざま。「春風」は「はるかぜ」と読んだり、「しゅんぷう」と読んだりします。

多くの表現があるなかで、俳句で用いる場合は「春の風」のように、ひらがなを織り交ぜた簡単な表現が好まれる傾向にあります。わかりやすい言葉で多くの人に伝わるようにしましょう。

●普段使う言葉なら、もっと伝わる

初日のでいつもとかわらん朝やがな　　奥野綾大

◎句の解説

季語は「初日ので」で新年。「初日ので」を見て、いつもと同じような日の出であることを詠んだ句。

同じ、と書くのではなく、使い慣れた言葉で「かわらん」としたことで、作者の日の出に対する期待と、その期待が裏切られた気持ちが伝わってくる。

朝っぱら死ぬんじゃねえか冬部活　　谷川めぐみ

◎句の解説

「冬部活」という季語はないが、冬の部活の厳しさが共感でき、季語の機能を果たしている。寒い季節の早朝練習が厳しく、その厳しさに対する不満が表現されている。早朝とせずに「朝っぱら」としたのも、「死ぬんじゃねえか」とぴったり呼応して、不満だけでないコミカルな感じをかもし出している。

言葉の言い換えならライターのオレにまかせなさい
たとえば「立秋」は秋に入《い》る秋来る秋立つ……などと表現することもできるのです
また一夜づけでつめこんだの？

漢字は重厚さが、ひらがなはやわらかさが増す

●漢字にしか出せないおもしろさがある

葡萄栗桃梨林檎銀杏は嫌

一ノ本玲

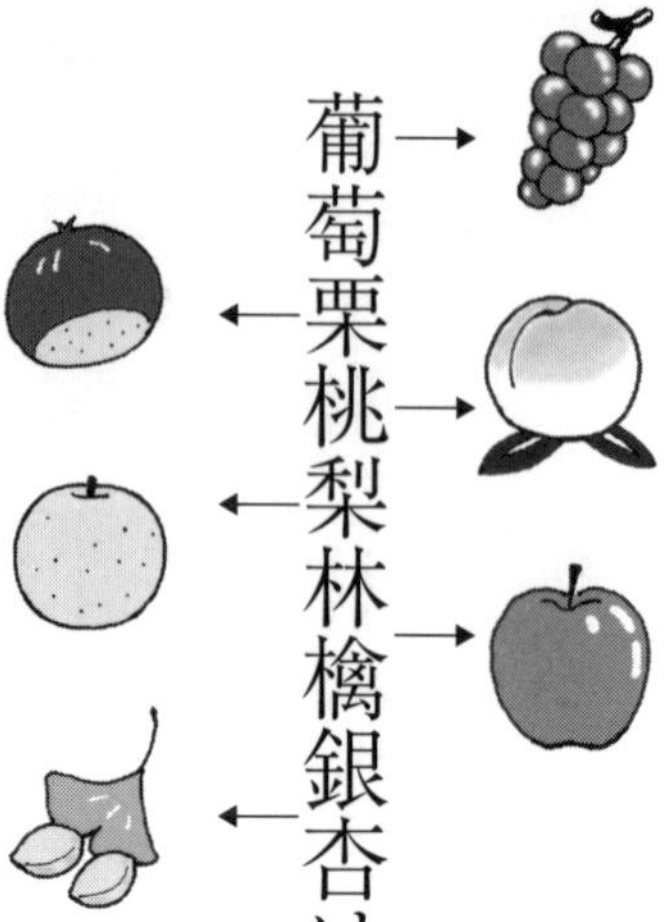

◎句の解説

季語は「葡萄」「栗」「桃」「梨」「林檎」「銀杏」で秋。声に出すと「ぶどうくり」「ももなしりんご」と調子よく読め、漢字がリズムを作っていることがわかる。果物や木の実の名前を漢字で書くことで、たった一文字のひらがな「は」がポイントになり、それに続く「嫌」と言う気持ちが引き立っている。

日本語では、ひとつの言葉を漢字で書いたり、ひらがなで書いたりすることができます。たとえば、「蝙蝠《こうもり》」と漢字で書くと、四角い部分が多いため、とがった耳や爪などを思い浮かべ、硬い感じになります。反対に「こうもり」とひらがなで書くと、やわらかさが増し、滑稽《こっけい》な感じさえします。

漢字で書くか、ひらがなで書くかで、見た目の印象は大きく変わるのです。

五七五のすべてを漢字で表したり、ひらがなで表したりして、表

●ひらがなだけの句はやわらかく不思議な雰囲気になる

かたつむりのんびりしているわけじゃない　横須賀広美

ねこねこひとかたまりでねむりこけ　横須賀あけみ

◎句の解説

「かたつむり」の句は、「かたつむり」が夏の季語。すべてをひらがなで書くことによって、かたつむりの動きがよりやわらかいものに感じられる。

「ねこねこ」の句は、「こねこ」が春の季語。猫の出産が春に多いことに由来する。「ね」のくり返しがかわいらしく感じられる。

漢字のインパクトは絶大

短夜《みじかよ》や乳ぜり泣く児《こ》を須可捨焉乎《すてつちまおか》　竹下しづの女

漢字を当て字として使った有名なものに、竹下しづの女（1887〜1951）の句がある。

漢字ばかりで書かれた「須可捨焉乎《すてつちまおか》」の部分が何と言っても目を引く。この句の季語は「短夜」で夏。寝苦しい夜に、赤ん坊が乳を欲しがって泣くので、捨ててしまおうか、という句である。子を持つ母親の葛藤が、漢字のインパクトとあいまって強く感じられる。

記のおもしろみを生かした句もあります。

今夜残業
こんやざんぎょう
ガチャッ

カタカナを使い、機械的な感じを出す

●カタカナの句は非日常的になる

すべてカタカナにすることで、ロボットのような機械的な雰囲気が出る

ツクツクボーシツクツクボーシバカリナリ　　正岡子規

◎句の解説

季語は「ツクツクボーシ」で秋。法師蝉《ほうしぜみ》は鳴き声が「ツクツクボーシ」と聞こえる。このように、特徴的な鳴き声を持つ蝉などは、鳴き声そのもので季語とされている。他にも、蜩《ひぐらし》のことを「かなかな」と言ったりする。

ツクツクボーシの大合唱を奇妙なイメージでとらえていることがわかる句である。

カタカナで書くと、ひらがな、漢字とは違った雰囲気になります。たとえば、「花が咲く」という文でも、「ハナガサク」と書くと、機械的な感じになります。日常的ではない不思議な雰囲気を感じる人もいるでしょう。

また、「花ガ咲ク」と書くと、漢文を書き下したような、独特の表現になります。

カタカナは硬い印象や、その言葉が不思議なものであるような印象を与えるので、違和感を演出したいときに使うのもいいでしょう。

●強調したいところをカタカナにする

ゆすりすぎキョーレツ目覚ましお母さん　池田英照

◎句の解説

朝、母親に起こされるときの様子を詠んだ句。母親は子どもの体をゆさぶることで目を覚まさせているのであろう。そのゆさぶり方が子どもにとっては激しく感じられるのだ。この句では「キョーレツ」というカタカナを使うことで、ゆさぶり方の激しさが楽しく強調されている。無季の句である。

雪サクサクその日の僕をスタンプし　小川悠

◎句の解説

季語は「雪」で冬。雪が降った朝、誰の足跡もついていない雪の上を歩くと、「サクサク」という音がする。同時に、作者の足跡がスタンプのように雪の上に残っていく。

「サクサク」「スタンプ」と、句のポイントとなる言葉をカタカナにすることで、小気味よく強調した句である。

アルファベットや記号が斬新な句にする

●アルファベットはイメージをふくらませて使う

Qの字の混み合ってゐる蝌蚪《かと》の池

佐々木ふみ

◎句の解説

季語は「蝌蚪」で春。蝌蚪とは蛙の子で、おたまじゃくしのことである。おたまじゃくしが、池のなかにたくさんいる様子を詠んだ句。

作者はおたまじゃくしの形を見ていてアルファベットの「Q」に似ていると考えた。この句を読んだうえで池のおたまじゃくしを見ると、なるほど「Q」の字に見えてくる。

俳句でも「!」や「?」などの記号や、アルファベットや「+」「−」などの算術記号を使うことがあります。

記号は、見た目におもしろく、本来の記号が持つ意味やイメージだけでなく、ビジュアル的な広がりも生まれます。

ただし、あまり難解な記号を使うことは、おすすめできません。「ルビをふればいい」という考えもありますが、ルビは句の雰囲気を壊し、目で味わうときの見栄えが悪くなるからです。

●記号はどう読ませるかが勝負

「」《かぎかっこ》夏のかけらを切り取って　武田典子

◎句の解説

季節は夏である。夏休みなどがあるため、楽しい行事に参加することが多い夏である。さまざまなことがあるはずであるが、そのなかの一部の出来事が思い出として心に残る。思い出が残る様子はまさに、「」（かぎかっこ）で「切り取って」と表現された通りなのである

・・と・・・と雪がふる　金城敬太

◎句の解説

季語は「雪」で冬。雪が降る様子を「・・と・・・と」と表現した句。「てんてんとてんてんてんと」と読め、雪のひとひらを「・」という記号を使って絵画的に表現したものとも考えられる。

また「・・」は沈黙を表す表現でもあり、音もなく降る雪の様子がわかる。

こりゃあ
インパクトが
あるな!!

視覚的な効果を考え、言い回しを吟味する

●色を詠み込み、美しい情景を描く

白鳥がすっと進んで透きとおる

小林梓

白鳥の動き・様子を今までにない言い方で表現している。ここから描き出される風景が美しい

◎句の解説

季語は「白鳥」で冬。白鳥は冬になると日本に渡ってくる鳥。湖の白鳥は水上を音も立てず「すっと進んで」、白鳥が通り過ぎたあとは空気が「透きとおる」ように感じるという。「すっと」という言葉から白鳥の優雅さが感じられ、白鳥の白とともに、寒い湖の美しい一場面が描き出されている。

俳句の完成度を高めるうえで視覚的な効果を使うことは重要です。

感動した映画のワンシーンがずっと心に残っているという人は多いのではないでしょうか。映画では、動きを描いたり、景色を切り取ったりすることで、情景を描き出しています。同じように、俳句も視覚的な効果を考えながら言葉を選び、情景が思い浮かぶ句になるようにします。最初のうちは、四章で紹介したように色を取り入れる方法（一一〇ページ参照）を使うと、作りやすいでしょう。

●読み手に立体的な情景をイメージさせる

菜の花や月は東に日は西に

与謝蕪村

月と太陽が浮かぶ空を立体的に表現している。読み手は自分が菜の花畑にいる気分で、両端に浮かぶ月と太陽を想像することになる

絵画的な句ね

◎句の解説

季語は「菜の花」で春。一面に菜の花畑が広がる夕方、月が東から昇り、日が西に沈んでいく景色を詠んだ句。「月は東に日は西に」には、月の金色や沈む日の赤色などが表現されているだけではなく、東西を描くことで菜の花畑が広く開けた土地にあることも表現されている。絵画的な句である。

また、映画や絵画、陶芸などの芸術作品を鑑賞することも、句作のヒントになるものです。

ここまできたら
プロの域ね
わたしも
頑張らなくちゃ

COLUMN

句も人生も型にはまらない山頭火

俳句には決まりごとがある。五七五というリズムや季語を入れることなどがそうだ。この決まりごとから外れたものが、無季や、自由律の俳句である。種田山頭火（1882 ～ 1940）はそういった句を多く作った人物で、「咳をしても一人」の尾崎放哉（95 ページ参照）と並び称される。

「うしろすがたのしぐれてゆくか」は山頭火の代表句。住もうと考えていた熊本から離れ、旅に出る自分の後ろ姿に時雨《しぐれ》が降りかかっている様子を詠んだ。孤独を感じるだけではなく、どこか自分で自分のことを笑うような雰囲気が読みとれる。それは、山頭火の人生が反映されているからであろうか。

山頭火は 44 歳のときに出家をして、施しを受けながら旅をして暮らすようになる。僧となったのは、それまでにあった母や弟の自殺の影響があったと考えられる。以来、東北地方から九州地方まで旅をして回った。ときには一ヵ所に住もうとしたこともあったというが、やはり落ち着けずに再び旅に出てしまう。定住できなかったことや、再び旅を始める自分に対する気持ちが、「うしろすがた」の句には表れている。

また、山頭火は無類の酒好きでもあった。酒を飲み、旅をする暮らしが老いによって終わりに近づいた頃、松山に庵を結び、「おちついて死ねさうな」の句を詠んだ。旅の終わりを芽吹く草に託しているような穏やかな句を残して、山頭火は大往生をとげたのである。

うしろすがたの
しぐれてゆくか

おちついて死ねさうな
草萌ゆる

第6章

発表で俳句はもっと上達する

句会での客観的評価が句を磨く

●発表すると、俳句はもっと楽しくなる

★俳句を発表する5つの理由
仲間ができる
同じ趣味を持つ友人ができ、楽しく情報交換ができる
新たな解釈を発見
自分の句について、気づかなかった解釈を発見できる
効率よく勉強できる
他の人と知識を共有でき、独学より効率よく勉強できる
“座の文芸”
俳句は昔から、人が集まって楽しむ「座」の文芸。今もその伝統が受け継がれている
句意が伝わるかを確かめる
句の意味が伝わるか、ひとりよがりでないか確認できる

俳句を作る仲間たちが集まって、自分の句を発表したり、お互いの句について意見を交換したりする場を「句会」と言います。五人程度の少人数でおこなわれるものから、百人を超えるような大規模なものまで、さまざまな形態のものが開催されています。

句を見せるなんて恥ずかしいと思うかもしれません。しかし、ひとりでは気づかないことを、句会では指導者や先輩が指摘してくれます。思い切って飛びこむことで、多くのことを得ることができます。

●句会体験その1　句会が始まるまでにすること

①参加する句会を探す

句会の情報は、俳句雑誌や新聞、インターネットなどで得ることができる。あらかじめ指導者の句を読むなどし、自分に合うと思われる句会の担当者に連絡してみる。

もちろん、開催場所が近く、参加しやすいことも決め手になる。

②前もって俳句を作る

句会で発表するための句を作っておく。決められた題を使って作句する場合と、季節に合っていれば何でも自由に詠んでいい場合とがある。

発表する句の数は句会によって異なるが、三〜七句程度のことが多い。

③いよいよ句会当日。受付をし、出句する

当日は、受付で名前を名乗り、句会費を払う。受付では、自分の句を提出（出句）するための短冊が配られる。着席したら、作ってきた句を短冊に無記名で清書する。

このとき、「席題」（その場で出された題に従って即興で詠む）が出されることもある。

●句会体験その2　人の句を選ぶ

①集まった句を清記する

句会担当者は集まった短冊を交ぜ、誰の句かわからないようにしたうえで、参加者に配る。参加者は配られた短冊を「清記用紙」に転記する。

これで筆跡から作者がわからなくなる。また、句の集計がしやすいよう、清記用紙に番号をふる。

②いいなと思う句を選ぶ

清記用紙を回覧する。最終的に、「選句用紙」に決められた数の句を書いて提出するが、その前に、気に入った句を多めにメモしておくと、スムーズに選句できる。

選句用紙には、気に入った句とその句が書かれている清記用紙の番号を記し、名前を書いて提出する。

③選んだ句が発表される

参加者それぞれの選んだ句が発表される（披講《ひこう》）。選んだ句を自分で読み上げる場合と、司会者がまとめて読み上げる場合がある。

自分の句が選ばれたときに、名前を名乗り、句が選ばれるごとに清記用紙に点数が記録される、点数方式のところもある。

●句会体験その3　評価し、語り合う

①句が批評・添削される

披講が終わると、句の批評が始まる。参加者の多い句会では、指導者だけが句の批評をおこなう。

少人数の句会では、選句の理由を参加者全員が発表したり、選にもれた句を含めての批評があったりと、さまざまな形の話し合いがおこなわれる。

②二次会で語り合う

句会が終わったら、喫茶店や飲食店などで二次会がおこなわれる。

句会よりもざっくばらんな雰囲気で親睦を図ることができる。句会で聞けなかった素朴な質問もしやすいので、積極的に参加しよう。

句会の句作には当季雑詠と題詠がある

句会では、当季雑詠といって、季節に合った季語を使いさえすれば、他の制約がない場合と、題詠といって決められた季語なり言葉なりを使って詠む場合の、2パターンの句の作り方がある。

題詠には、前もって題が出され、それに従ってあらかじめ句を用意する「兼題」と、句会当日に題が発表され、その場で作句する「席題」がある。即興で句を作る席題は、初心者にはプレッシャーかもしれないが、失敗を恐れず発表することにより、参加者からのアドバイスを受けることができ、今後の句作に役立つ。

吟行の非日常体験が新鮮な句を生む

●個人で、仲間で、吟行を楽しむ

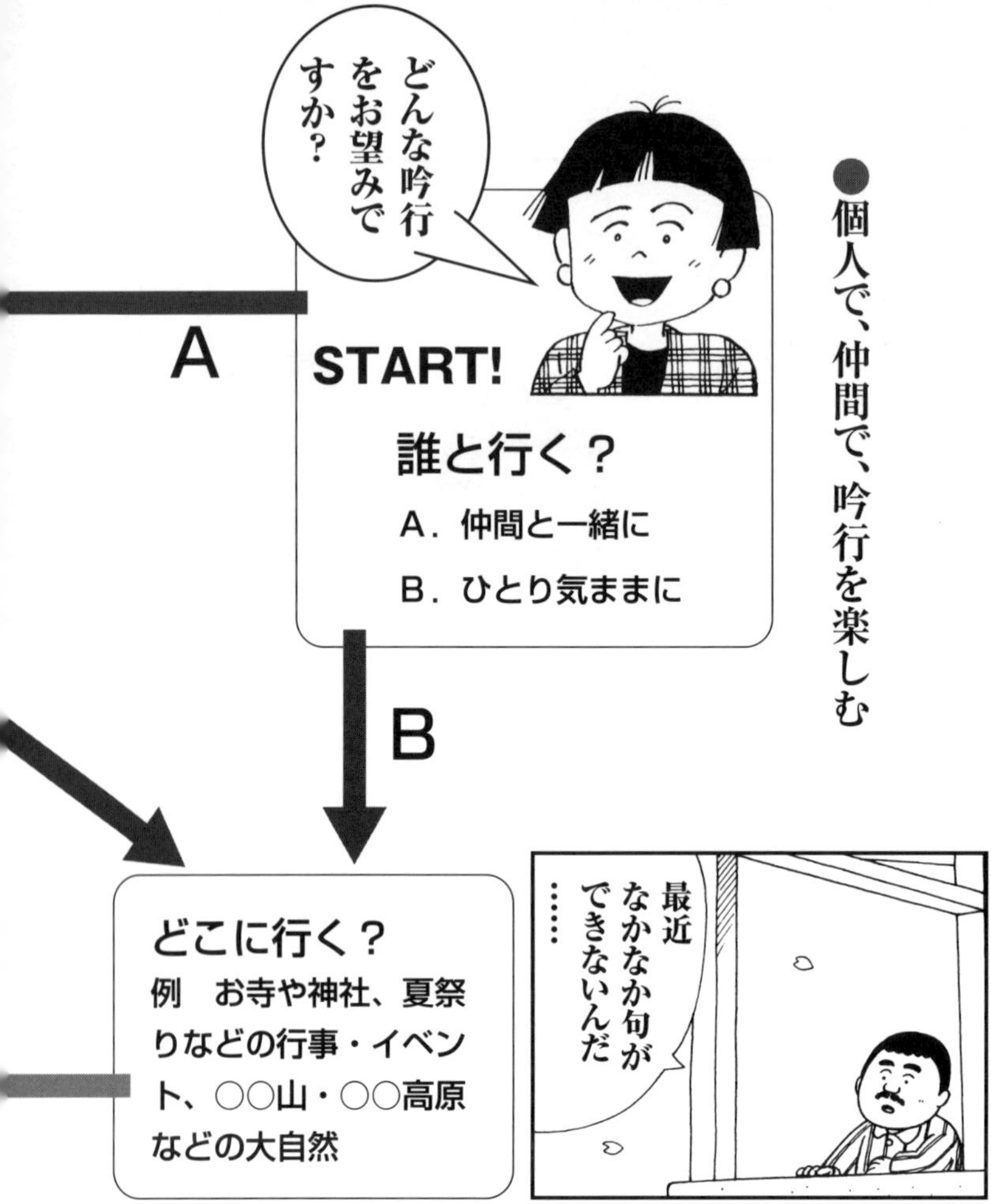
どんな吟行をお望みですか？
START!
誰と行く？
A．仲間と一緒に
B．ひとり気ままに
A
B
どこに行く？
例　お寺や神社、夏祭りなどの行事・イベント、○○山・○○高原などの大自然
最近なかなか句ができないんだ……

吟行《ぎんこう》とは、普段の生活から離れ、歩きながら屋外で俳句を詠むことです。名所旧跡を訪れることが多いようですが、家の近くの公園や、帰省先の田舎で散歩しながら詠むことも、立派な吟行です。

結社《けっしゃ》（一七六ページ参照）の主催する吟行では、歩いたあとに句会が開催され、批評し合う時間も設けられています。また、泊まりがけでおこなう、親睦旅行を兼ねたものもあります。

日常生活のなかで句作を続けていると、作風がワンパターンに陥

どんな仲間と？
C．気心の知れた友だちと
D．句会（結社）の仲間と
E．まだ会ったことのない人たちと

C

E

D

そんなときは、悩んでいないで外に出よう

近々おこなわれる吟行は?
吟行は、気候がよく外出しやすい春や秋におこなわれることが多い。特に、花の咲き乱れる春はうってつけの吟行シーズン。

計画を立てて
（あるいは気ままに）
さあ、決行！

開催予定の吟行を探そう
地方自治体主催の吟行がおこなわれている地区も。市の広報誌やインターネットで探そう。

申し込んで、
さあ、決行！

りがちになります。吟行に行くと、これまで本でしか知らなかった鳥の声を聴いたり、建物や花を目にしたり、句の材料になる見聞を広めることができます。

もちろん、自然に触れることや仲間と親睦を深めることそのものが、気分転換やストレス解消にもなります。

●吟行《ぎんこう》の流れを見る

もちろん時間厳守だぞ

集合

句帖や筆記具、歳時記などを持参し、幹事から連絡された場所に集合。歩きやすく温度調節しやすい服装で。

※結社や自治体が主催しておこなわれる一般的な吟行の流れを示したものです。主催者によって多少異なります。

散策

決められた時間内で付近を散策。句になっていなくても、思いつきをメモしておく。現地の人とふれあい、邪魔にならない程度に質問してみるのも手。

吟行で句もできたし
自然に触れて気持ちもはればれしたよ！
よかったね松ちゃん

★吟行後の語らい

句会後の二次会のように、お茶やお酒で語り合う。現地の名産品に舌鼓を打つことも。

作 句

メモを振り返りながら、五七五にまとめる。このとき、小型の歳時記や国語辞典が役立つ。メモに季語がなかったら、歳時記を調べたり観察し直したりして、句に季語を取り入れる。

句 会

普段の句会（162ページ参照）との違いは、皆で同じものを見たうえで句を作っていること。同じテーマでも目のつけどころや表現の違いが実感できておもしろい。

他の人が何に注目したかわかって参考になるわぁ

吟行先での句作のポイント

吟行では、見たものを詠む「嘱《しょく》目《もく》吟《ぎん》」をおこなう。難しい句を作ろうと意気込むのではなく、見た感動をそのまま伝える姿勢が望ましい。

名所旧跡では、みんな同じ没個性の句になってしまうこともある。注意深く観察、必要であれば質問して知識を深め、いい句の種を見つけることが、個性につながる。推敲は句会前におこなえばよいので、最初から完成形を求めて焦らず、まずは観察とメモに徹しよう。見どころが多すぎて、名所を回るだけで終わってしまうことがないよう、ある程度ポイントをしぼることも大切だ。

俳句講座で知識、技術を学ぶ

●俳句講座には、多種多様ある

★カルチャースクール

メリット　経験豊かな指導者に、継続して教えてもらえる

デメリット　費用は比較的高め

★大学の特別講義

メリット　大学の夏休み期間などに、単発で気軽に受講できる

デメリット　継続して学べず、本格的にやりたい人には不向き

★地域のサークル

メリット　近場で通いやすく、アットホームな雰囲気

デメリット　指導者の力量にばらつきがある

俳句講座は、日本中にたくさんあります。新聞社や放送局が主催するカルチャースクールのなかには必ずといっていいほど俳句の講座が用意されていますし、大学の公開講座や、地域のサークルなどでも、俳句講座が開講されていることがあります。

カルチャースクールでは、三ヵ月～半年くらいの単位でプログラムが組まれていることが多いようです。無料の体験入学を受け付けている講座もあります。続けられるか不安な場合は体験入学から始

●気になる講座の中身

ふむふむ……参考になるなぁ

俳句鑑賞…先人の有名な俳句を中心に、句を深く味わうことを学ぶ。テキストに従って講義形式で進められることが多い。

句作（題詠・雑詠）…自分で句を作る、実作の勉強。課題として、次回までに何句か用意することも。

俳句史…連歌に始まり芭蕉、子規、虚子、現代俳句まで、俳句史理解を深め、鑑賞や句作に生かす。

相互批評…自分の句を発表し、受講者と意見を述べ合う。最後は指導者に添削してもらい、レベルアップを図る。

めてみるとよいでしょう。

俳句講座で学ぶことで、俳句作りが上達するだけでなく、俳句の歴史や季語などの知識もまとめて習得できます。また、作品の鑑賞についても学ぶことができ、俳句をより深く読みこめるようになります。

もっと
こうした
ほうがいいと
思いますよ
なるほど……

通信添削で実力をつける

●どこで添削してもらえるの？

　時間的な制約で俳句講座を受講することができなくても、俳句を勉強する方法はいろいろあります。そのなかのひとつが通信講座です。

　通信講座の内容は、季語の解説や俳句の鑑賞などを含めて体系的に学ぶ、初心者向けのコースや、句の実作・添削が中心の上級者向けコースまで、いろいろあります。

　資料請求をすると、どんなテキストを使って勉強するのか、どんな流れで講座が進むのかがわかります。講座内容を比較検討してみるといいでしょう。

主な通信講座	内容
NHK学園	http://www.n-gaku.jp/life/ 初心者向けの「はじめての俳句」や作句経験のある人向けの「俳句実作」など、複数を開講。受講期間は半年または1年。
朝日カルチャーセンター	http://www.acc-web.co.jp/ 指導者・結社ごとにさまざまな講座を開講。受講期間は半年。
毎日文化センター	http://www.mainichi-ks.co.jp/m-culture/ 半年ごとの講座が多いなか、3ヵ月ごとに継続を更新。
ユーキャン	http://www.u-can.co.jp/ テキストが充実した、俳句入門講座を開講。受講期間は半年。

カルチャーセンターには通信講座もあるのね

家でじっくり
取り組めるから
自分のペースで
続けられる

1句からでも添削は受けられる

少ない句数で手軽に添削を受けられるのが、現代俳句協会の通信添削である（http://www.gendaihaiku.gr.jp/announce/event/tensaku）。

1回1000円で、5句まで添削してもらえる。コメントも添えられており、推敲するときの視点として生かせる。（右の2句は、現代俳句協会幹事・前田弘氏の添削）

★時の日や街路樹切られ運ばれり

の

ばさと

り落す

眼前の景を言い切る

★東雲や自転車こぎて髪乾く

たちまち

洗い髪

季語（洗い髪）をうまく使う

投句でデビュー

勇気を出して投句。より多くの人に見てもらう

●自信作は発表しよう

受賞すれば
俺も有名人！
ドキドキするな～

発表の場いろいろ
- 雑誌などの俳句賞
- 地方自治体などが主催する俳句大会
- 新聞の俳句コーナー
- テレビやラジオの俳句番組

俳句を続けていると、「もっとたくさんの人に俳句を見てもらいたい」という気持ちがわいてきます。現在では非常に多くの団体が俳句の公募をおこなっています。自慢の句ができたら、応募（投句《とうく》）してみましょう。

　俳句雑誌の出版社や地方自治体などが主催する俳句賞は、雑誌や自治体の広報誌に募集要項が掲載されています。一～三句程度の少ない句数で気軽に応募できるものから始めてみるといいでしょう。

また、新聞やテレビなどの俳句

●発表できる場はこんなにある

●新聞	応募方法	宛先
朝日新聞	はがき1枚に1句を書いて応募。月曜日(休刊日の場合は日曜日)に発表。	〒104-8661　京橋郵便局私書箱300　朝日俳壇係
日本経済新聞	はがき1枚に3句を書いて応募。日曜日に発表。	〒100-8693　東京中央郵便局私書箱1113号　日本経済新聞文化部　俳壇係
毎日新聞	はがき1枚に2句を書いて応募。日曜日に発表。	〒100-8051　毎日新聞社学芸部　毎日俳壇係
読売新聞	はがき1枚に1句を書いて応募。月曜日に発表。	〒103-8601　日本橋郵便局留　読売俳壇　○○先生係
産経新聞	はがき1枚に1句を書いて選者を指定し応募。日曜日に発表。	〒100-8691　東京中央郵便局私書箱433号　産経新聞俳壇係
中日新聞	はがき1枚に2句を書いて応募。日曜日に発表。	〒460-8511　中日新聞文化部　俳壇係
●テレビ	**応募方法**	**宛先・ホームページ**
NHK俳句(NHK教育テレビ)	はがき1枚に1句を書いて応募。詳細はホームページ、またはテキストを参照。	〒150-8001　NHK「NHK俳句」係　http://www.nhk.or.jp/tankahaiku/
俳句王国(NHK衛星第2テレビ)	はがき、FAXおよびインターネットで応募。詳細はホームページ参照。	〒790-8501　NHK松山放送局「俳句王国」係　http://www.nhk.or.jp/haiku/
●俳句賞	**応募方法**	**宛先**
角川全国俳句大賞	月刊誌「俳句」に添付される応募用紙に2句書いて応募。応募用紙をコピーし、複数応募も可能。	〒113-0033　東京都文京区本郷5-24-5　角川全国俳句大賞　係　※封筒表面に「角川全国俳句大賞応募」と表記
現代俳句新人賞	B4判400字詰原稿用紙2枚にタイトルと30句を書いて応募。※50歳未満の応募者に限る	〒101-0021　東京都千代田区外神田6-5-4　偕楽ビル7階　現代俳句協会　※封筒表面に「新人賞募集作品在中」と朱記
伊藤園お～いお茶新俳句大賞	はがき、FAX(A4)、インターネット経由で、1人6句まで。11月3日に新聞紙上で募集要項の詳細を発表。	〒102-0083　東京都千代田区麹町3-7　伊藤園新俳句大賞事務局　http://www.itoen.co.jp/
●俳句大会	**応募方法**	**問い合わせ先**
俳句甲子園	高校生5名で編成したチーム及び引率者1名を1単位とし、ホームページ上から申し込み。	俳句甲子園実行委員会　http://www.haikukoushien.com/　info@haikukoushien.com

コーナーに応募し、選者の目にとまれば、句が紹介され、批評してもらえます。

応募するときは、句の数や締め切りなどの基本事項を守り、読みやすい丁寧な字で書くようにしましょう。

どれに応募
しようかしら……

自分に合った結社を選び、発表の場を持つ

●結社って何？

・俳句の愛好者の集まり
・俳人としての鍛錬の場
・主宰者（指導者）のもとに、弟子が集まる
・「結社誌」を発行する（月刊が多い）
・句会や吟行などを開催する
・全国で八〇〇〜九〇〇程度の結社が存在

俳句の世界の「結社《けっしゃ》」とは、俳句のレベルアップを目指して経験を積む、道場のようなものです。現在第一線で活躍している有名な俳人も、結社のなかで頭角を現し、自分で結社を主宰するようになったケースが多いのです。

結社に入るには、結社が発行している結社誌を定期購読します。購読料は一ヵ月で千〜二千円程度が多いようです。結社に入ると、結社誌に投句《とうく》し、誌上で主宰者の選を受けることができます。また、句会や吟行《ぎんこう》にも参加できます。

●結社選びのポイント・結社への入り方

1

俳句雑誌や新聞の俳句コーナーを見る

まずは、俳句雑誌や新聞の投句欄を読み、この人に指導してもらいたいと思える俳人を探す。

投句欄で講評を書いている俳人は、結社を主宰していることがほとんど。『俳句年鑑』などの俳句雑誌で、結社の連絡先を調べる。

2

見本誌を取り寄せる

入りたい結社が決まったら、電話や郵便で、見本誌を取り寄せる。いくつかの候補があり、迷っているなら、複数の見本誌を取り寄せて、比較検討してもよい。

3

購読を申し込み、入会完了

見本誌を読み、「この結社誌に参加したい」と思ったら、定期購読を申し込む。結社誌の巻末に、定期購読の申し込み用紙がついていることが多い。

結社誌が届いたら、結社の一員。積極的に投句してみよう。

結社に参加することは、俳句の師匠を選び、師匠のもとで研鑽を積むということです。自分が目指したいと思える句を作っている主宰者、講評の仕方が納得できる主宰者を選ぶことが大切です。

俳画が句作の楽しみを広げる

●俳画の描き方

★準備するもの

・絵の具（顔彩など）
・墨汁
・紙（画仙紙など）
・筆
・パレット、硯
・水入れ

★手順

句に合わせて俳画のテーマを決める（つかず離れず）
←
句と画の構図を考える
←
筆の先に絵の具や墨をつけ、一息に描き上げる（ごちゃごちゃ描きこまないのが鉄則）
←
バランスを考えて句を書き入れる

俳句に添えられた味のある絵、それが俳画です。江戸時代、俳人でもあり画家でもあった与謝蕪村が描いた「おくのほそ道」の俳画が有名ですが、当時は俳画という言葉は使われていなかったようです。

また、細かく精細に描かれた「絵画」調の作品より、シンプルでありながら的をついていたり、ユーモアが感じられたりするものが好まれます。俳句の季語をそのまま描いてもいいのですが、少し違和感のあるものを取り合わせると、

●とことん自由に。いろいろな俳画

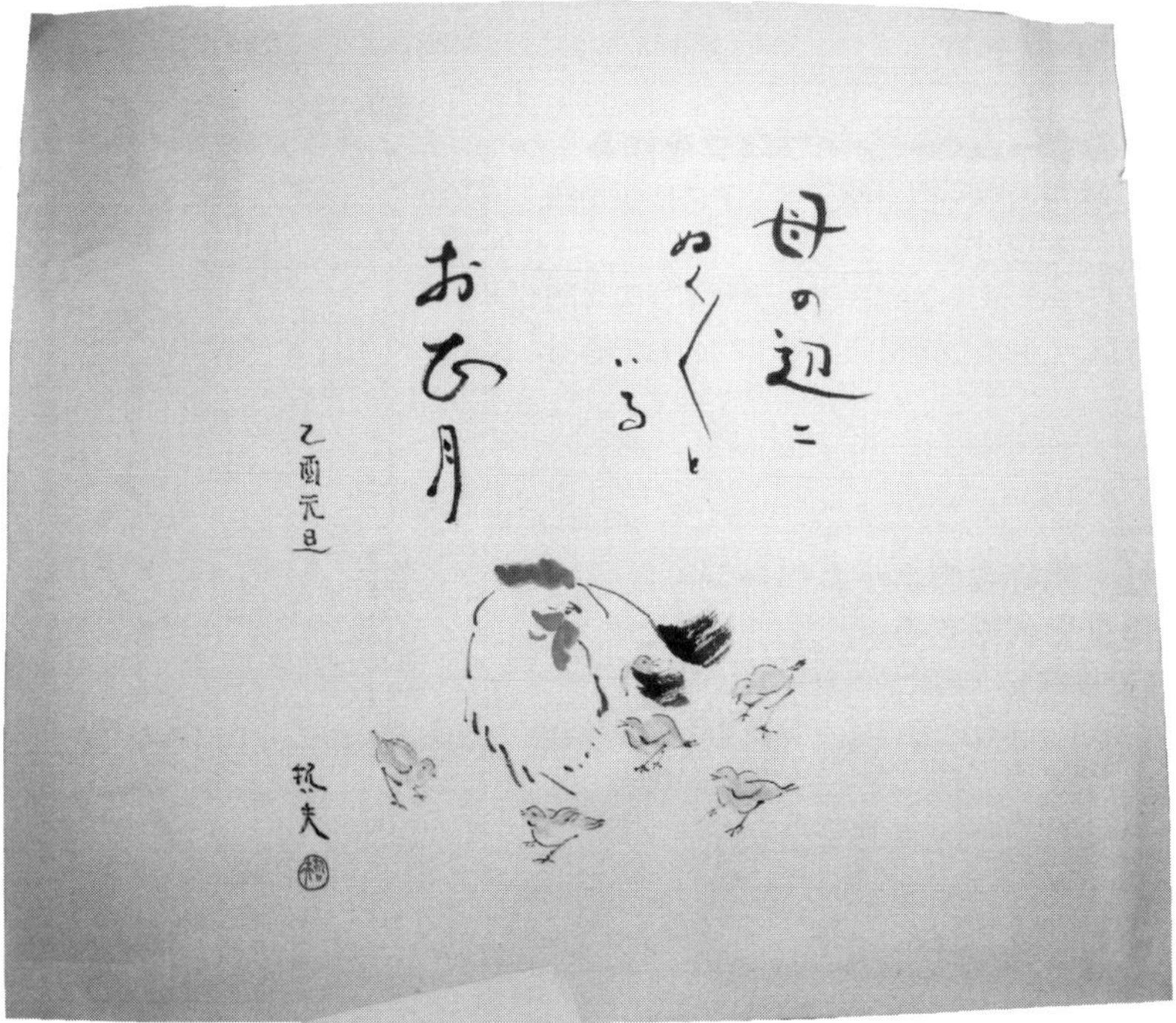

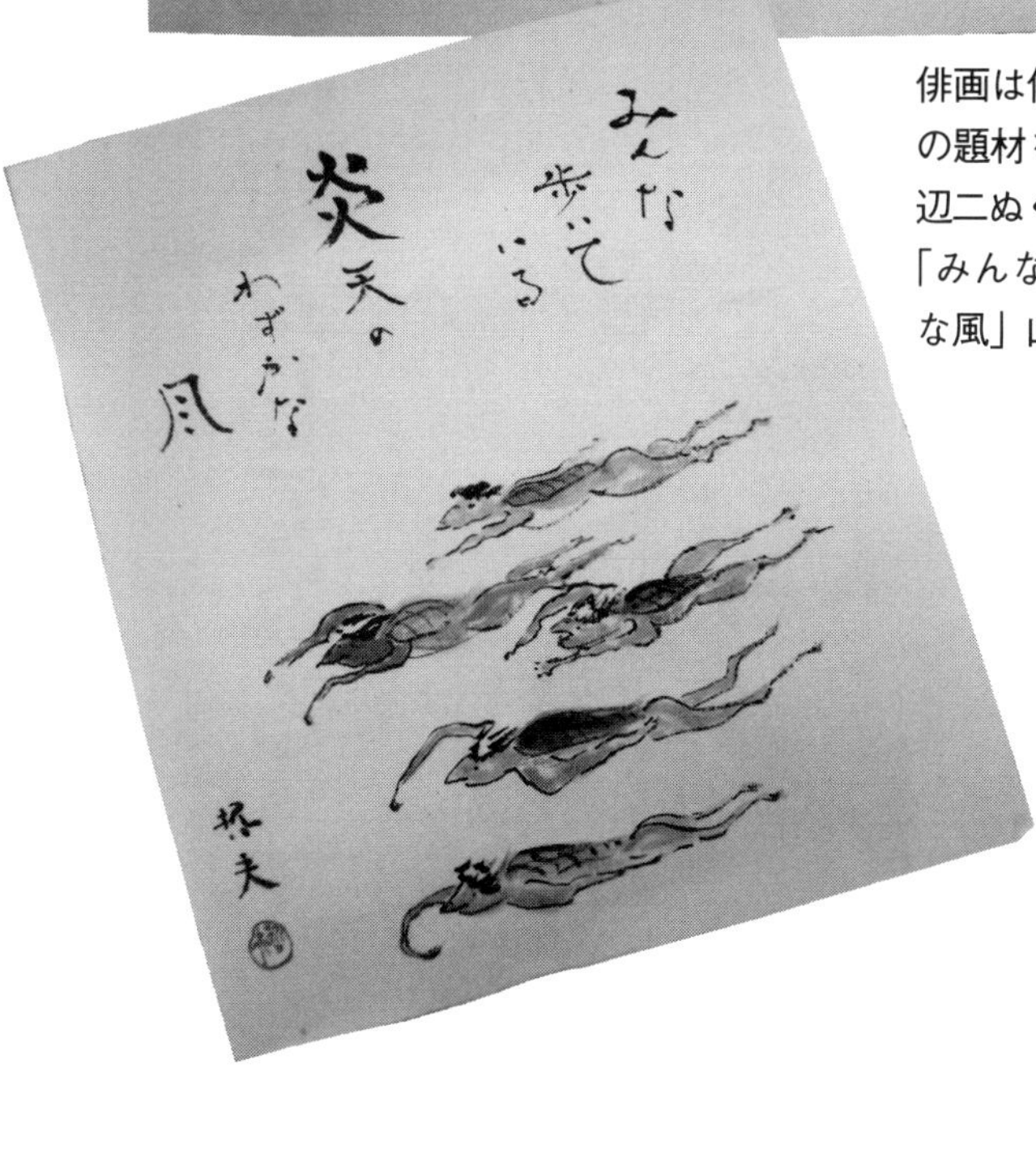

俳画は俳句に対してつかず離れずの題材を選ぶとよい。（上）「母の辺二ぬくぬくといるお正月」、（左）「みんな歩いている炎天のわずかな風」山田哲夫　作

句との相乗効果が生まれ、イメージがふくらみます。つまり、俳画にも、俳句と同じようなセンスが求められています。

　俳画はけっして難しくありません。気に入った句に俳画を添え、絵手紙を送ってはいかがでしょう。

インターネットで気軽に発表してみる

最近では、簡単にホームページやブログ（日記風のホームページ）を作れるようになり、俳句愛好者がインターネット上に俳句を発表する機会が増えています。

また、顔を合わせずに句会を開催する「インターネット句会」もおこなわれています。メールで投《とう》句《く》する方法や、ホームページ上に短冊や選句用紙のような入力欄があって、そこに句を入力する方法など、さまざまです。

ただし、一方的なコミュニケーションは誤解を生むこともありま

●インターネット上での発表の場

★個人のホームページ・ブログを作る

自分のホームページを作って、そこに俳句紹介コーナーを設ける。

ブログなら、ホームページやデザインの専門知識がなくても取り組めるので、初心者にもおすすめ。

★結社・同好会のホームページ・ブログを利用する

個人ではなく、結社や俳句同好会のホームページを利用し、そこで作品を発表するのもひとつの手。会員同士の交流や活動内容の報告、メンバーなどの情報もわかる。

★インターネット句会を実施する

インターネット上で句会を開催しているホームページもある。自分の好きなときに投句し、好きなときに結果を確認できる自由さは、インターネットならでは。

す。相手を傷つけるような言い回しで句を批判したり、批判されたからといって敵意のある返事をしたりといった、思慮に欠ける発言は慎みましょう。

インターネット句会で力試し

現代俳句協会のホームページでは、インターネット句会を実施している。ホームページ上でユーザー登録すると、無料で参加できるしくみだ。

会員には、毎月の作品や得点の結果がメールで配信されるうえ、ホームページ上でも確認できるので、自分に合ったやり方で楽しめる。

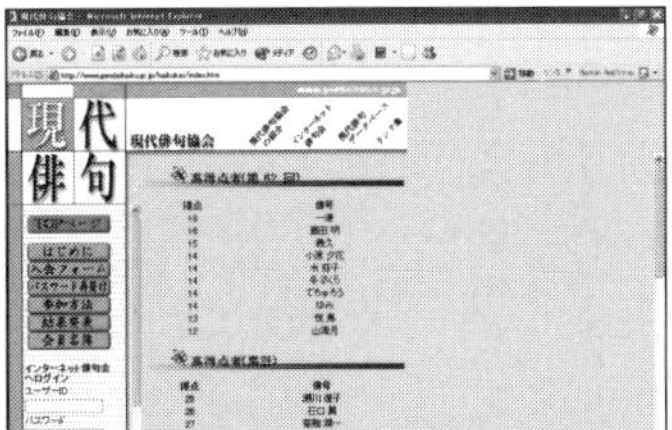

●現代俳句協会
（http://www.gendaihaiku.gr.jp）

自分のために句集を作る

●いつか出したい句集

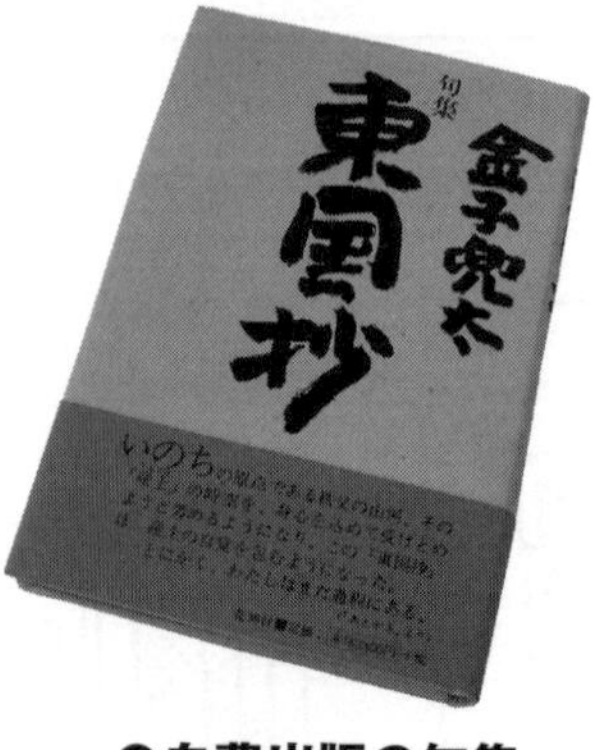

●著名人の句集
平成７年秋から12年初夏までの俳句をまとめた著者の第13番目の句集『東国抄』金子兜太（花神社）

●自費出版の句集
費用を負担して出版社と共同で制作。書籍コードを取得すれば書店に置くことも可能『初夏集』田口満代子（富士見書房）

●手作りの句集
一冊ずつ綴じ、俳句仲間に贈る。判型や紙質、書体などの制約が少なく、好みに仕上げられる『島の夢』『掌』永田タヱ子

これまでの俳句人生の集大成として、句集を作りたい……何年もコツコツと句作を続けていると、こんな気持ちになることも。

著名な人以外、ほとんどの句集は自費出版、つまり自分で費用を賄うことで出版されています。

自費出版にかかる費用は、頁数や装丁、印刷部数によってさまざまですが、最低でも数十万円程度は見積もっておく必要があるでしょう。

句集を出すということは、自分の俳句人生を振り返り、これからにつなげていくということです。怠りがちな誤字・脱字のチェックもしっかりおこない、満足のできる最高の一冊に仕上げましょう。

●句集出版までの道のり

1 句を選ぶ
句帖を振り返り、思い入れのある句、指導者にほめられた句などを自由に選ぶ。

2 出版社を選ぶ
出版社に頁数や印刷部数、装丁の希望を伝え、見積もりをとる。
予算が合ったら制作開始。

3 句を清書する
原稿用紙に句を清書。句の並べ方は、作った時系列順や季節別、テーマ別などが多い。

4 指導者や先輩に解説の執筆を依頼する
普段から句を見てもらっている指導者や先輩など、ベテランにお願いするのが適任。

5 まえがき・あとがきを書く
俳句に対する思いを熱く語ってもよいし、指導者への感謝など、メッセージを入れてもよい。

6 誤字・脱字をチェックする
仮の紙に刷った紙面（校正紙）を見て、誤字・脱字や、デザインの気に入らないところなどをチェック。

7 完成！　お世話になった人に贈る
無事本が完成したら、解説を書いてくださった人にはもちろん、多くの俳句仲間に見てもらう。

右脳と左脳をともに使ったとき名句ができる

モノを通じて己の心を整理していく

—俳句を作るときに、大切なことは何でしょうか？

金子●みずみずしい感覚を持つことだな。

教養が豊かな、いわゆる「物知り」タイプの人には、不思議と名句が少ないもの。知識だけを蓄えていては、感覚がなめらかに働かない。逆に無学のほうがいいくらいなんだよ。

ただ、難しい知識、体系的な勉強は感覚の邪魔になることが多いが「雑学」は必要だ。

今何がはやっているのか、食べ物にしてもファッションにしても、見聞を広げておくと、それが句作りの引き出しになる。発想が自由になって、ひらめきにつながる。

—俳句を作ろうとあれこれ詠む対象を考えますが、なかなか完成まで至りません。

金子●他人の批評を気にしてはいないか、反省してみるといい。

俳句は一人で詠むより、仲間を作ったほうが楽しい。ほめられる嬉しさ、けなされる腹立たしさなどの気持ちの変化が、次の句につながる。

しかし、ほめられようと思って技巧に走ると、手が動かず、人の心を打つ句も作れない。

まず、自分の感動を引き起こす対象をつかまえてみる。俳句では喜怒哀楽の感情を直接言葉にせず、モノに託して表現する写生（第四章）の手法をとる。対象となるモノをつかまえたら、モノと向き合い、モノを通じて己の心を整理していくんだ。心が定まったとき、モノは単なるモノから「姿」へとかわる。できるだけ具体的に、その姿を描写することで俳句が生まれる。

これを芭蕉の弟子の支考は「姿先《しせん》情後《じょうご》」という言葉で表した。感情が後からついてくるように、まず具体的に姿を詠み込む。モノの「姿」を通して句を紡ぎだす。

集中力
集中力
トイレも
感覚を養う
大事な時間！

こうした姿勢でモノと向き合い、句作りを続けていると、やがて自分の考えが整理され、育まれ、句も自分も中身に深まりが生まれる。俳句は、誰でも楽しくできる遊びでありながら、自分を成長させることのできる奥深い世界でもあるんだよ。

感覚は集中力で養われる

―感覚をとぎすますにはどうしたらよいですか？

金子●集中力を養うことを心がけなさい。

知識に頼りすぎるな、と言ったが、同じように、自分にとって雑音となるものはシャットアウトする。短時間でもいい、集中できる時間や空間を作るんだ。私の場合は、電車とトイレのなかが集中の場所だね。

雑音を取り除くと、だんだん感覚が冴えてくる。純粋でみずみずしい状態になるんだ。

―感覚が冴えている人とそうでない人と傾向がありますか？

金子●感覚は年齢とともに鈍くなりがちで、幼い子どものほうがハッとさせる句を作ることが多い。男女でいえば女性のほうが圧倒的にみずみずしい感覚を持っていると思う。男性はとかく観念的で抽象的な思考に陥りやすい。頭でっかちになっていくんだな。

男女いっしょに句を勉強していくと面白い現象が起こる。初期感覚では女性が勝っていても、しばらく句を作り続けていくと男性の句には深みが出てくるんだ。頭でひねらず、長年の体験を素直に詠み込むことができるようになる。すると今度は女性陣も負けまいとして、詠む対象と自分の心にじっくり向き合うようになる。

脳は右脳が感覚、左脳が論理をつかさどると言われるが、右脳左脳の両方をバランスよく使ったときに、本物の句を作ることができるんだ。

COLUMN

日本の花「桜」は今も昔も句の定番

俳句の世界で「花」といえば「桜」のこと。日本人にとってもっともなじみのある花だけに、季語のバリエーションも多い。

村上鬼城（1865〜1938）の句は、桜の大木が風に揺れる様子をゆったりしたリズムで詠んでいる。

離れたところから桜を見ると、ぼんやりと雲のようにかすんで見える。それを詠んだのが芭蕉（36ページ参照）の句である。上野や浅草の方角に雲のように見える桜。そこに鐘の音がする。日本らしい春の様子が描かれている。

桜は花以外も句になる。原石鼎《せきてい》（1886〜1951）は、月の光で地面にできた桜の影を詠んだ。「岨《そば》」は険しい山の斜面。のんびりと花見をしているのとはまったく違う雰囲気だ。

杉田久女（1890〜1946）の句にある「花衣」は、花見のときに着る衣装。ここでは着物なので、ぬぐときに紐がまつわる（絡まる）。

現代も、桜はよく詠まれる。「二人乗り」の句は、桜並木を舞台にした、青春のひとコマが目に浮かぶ。

ソメイヨシノ以外の桜を詠んだ句も多い。「山桜」の句の舞台は奈良で、吉野桜を詠んだという。

そして、桜は散っても句になるもの。「花吹雪」の句は、散る桜と別れを組み合わせ、印象的な光景を描き出している。

ゆさゆさと大枝ゆるゝ桜かな　村上鬼城

花の雲鐘は上野か浅草か　松尾芭蕉

花影《かえい》婆娑《ばさ》と踏むべくありぬ岨《そば》の月　原石鼎

花衣《はなごろも》ぬぐやまつはる紐いろいろ　杉田久女

二人乗り怒られながら桜道　伊藤ちひろ

駆け上がるたびに広がり山桜　曾根毅

花吹雪わかれは片手だけあげる　竹澤サツキ

著名人の俳句・索引

著名人の俳句・索引

●俳句提供・協力　伊藤園新俳句大賞事務局（「自由語り」1〜16回より）

参考文献

『NHK俳壇の本　俳句なんでもQ&A』　大屋達治（NHK出版）
『輝ける俳人たち【明治編】』　阿部誠文（邑書林）
『金子兜太の100句を読む』　酒井弘司（飯塚書店）
『金子兜太の俳句の作り方が面白いほどわかる本』　金子兜太　編著（中経出版）
『カラー版　初めての俳句の作り方』　石寒太（成美堂出版）
『記憶と情動の脳科学』　ジェームズ・L・マッガウ　著／大石高生・久保田競　監訳（講談社）
『季語集』　坪内稔典（岩波書店）
『これだけは知っておきたい現代俳句の基礎用語』　石寒太（平凡社）
『ザ・俳句歳時記』　有馬朗人・金子兜太・廣瀬直人　監修（第三書館）
『実用　俳句のひねり方』　楠本憲吉（ごま書房）
『新　20週俳句入門』　藤田湘子（立風書房）
『新　実作俳句入門』　藤田湘子（立風書房）
『人物叢書　与謝蕪村』　田中善信（吉川弘文館）
『ゼロから始める人の俳句の学校』　実業之日本社　編（実業之日本社）
『種田山頭火』　石寒太（蝸牛社）
『満点ゲットシリーズ ちびまる子ちゃんの俳句教室』　夏石番矢　編著（集英社）
『添削で俳句入門　少しの工夫でぐんと良くなる』　西村和子（NHK出版）
『謎の旅人　曽良』　村松友次（大修館書店）
『朗読CD付声に出して味わう日本の名俳句100選』　荒木清　編著／金子兜太　監修（中経出版）
『俳句　作る楽しむ発表する』　大井恒行（西東社）
『俳句と川柳』　復本一郎（講談社）
『俳句入門・再入門』　安部元気・辻桃子（創元社）
『新編　俳句の解釈と鑑賞事典』　尾形仂　編（笠間書院）
『俳句のつくり方』　水原秋櫻子（実業之日本社）
『俳句の作り方　110のコツ』　辻桃子・安部元気（主婦の友社）
『俳句の歴史』　山下一海（朝日新聞社）
『はじめての俳句づくり』　辻桃子（日本文芸社）
『芭蕉=二つの顔』　田中善信（講談社）

※以上を参考にさせていただきました。ありがとうございます。

金子兜太（かねこ・とうた）

俳人。1919年埼玉県生まれ。東京帝大経済学部卒業。加藤楸邨に師事し、日本銀行に勤続の傍ら句作を続ける。83年より現代俳句協会会長をつとめ、現在、同協会名誉会長。紫綬褒章、ＮＨＫ放送文化賞、第59回日本芸術院賞などさまざまな賞を受賞。句集に『少年』『蜿蜿』『暗緑地誌』『遊牧集』『詩経国風』『皆之』『両神』『東国抄』など、また著書に『定型の詩法』『今日の俳句』『一茶句集』『わが戦後俳句史』『放浪行乞』『二度生きる』『金子兜太集』４巻など多数。伊藤園「おーいお茶　新俳句大賞」「朝日俳壇」など、さまざまな賞の選者としても親しまれ、俳句の普及に精力的に力を注いでいる。

古谷三敏（ふるや・みつとし）

漫画家。1936年旧満州生まれ。終戦とともに茨城県に移る。55年、少女漫画『みかんの花さく丘』でデビュー。その後、手塚治虫氏、赤塚不二夫氏のアシスタントを経て、『ダメおやじ』を発表（第24回小学館漫画賞）。以後、『ＢＡＲ　レモン・ハート』などのヒット作を次々と発表し、多くのファンを魅了している。

装幀　亀海昌次
装画　古谷三敏
本文漫画　『ＢＡＲ　レモン・ハート』（双葉社）より
本文デザイン　高橋秀明（バラスタジオ）
イラスト　米倉恵子（エディット）
校正　滄流社
構成　土井明弘　中森友香　原聡子　冨士本昌恵（エディット）
編集協力　オフィス２０１
編集　福島広司　鈴木恵美（幻冬舎）

知識ゼロからの俳句入門

2006年11月25日　第１刷発行
2022年10月10日　第17刷発行

著　者　金子兜太
発行人　見城　徹
編集人　福島広司

発行所　株式会社 幻冬舎
〒151-0051　東京都渋谷区千駄ヶ谷4-9-7
電話　03-5411-6211（編集）　03-5411-6222（営業）
公式HP：https://www.gentosha.co.jp/
印刷・製本所　株式会社 光邦

検印廃止

ISBN4-344-90093-6 C2076
Printed in Japan

この本に関するご意見・ご感想は、
下記またはQRコードのアンケートフォームからお寄せください。
https://www.gentosha.co.jp/e/